응급실 로봇 닥터

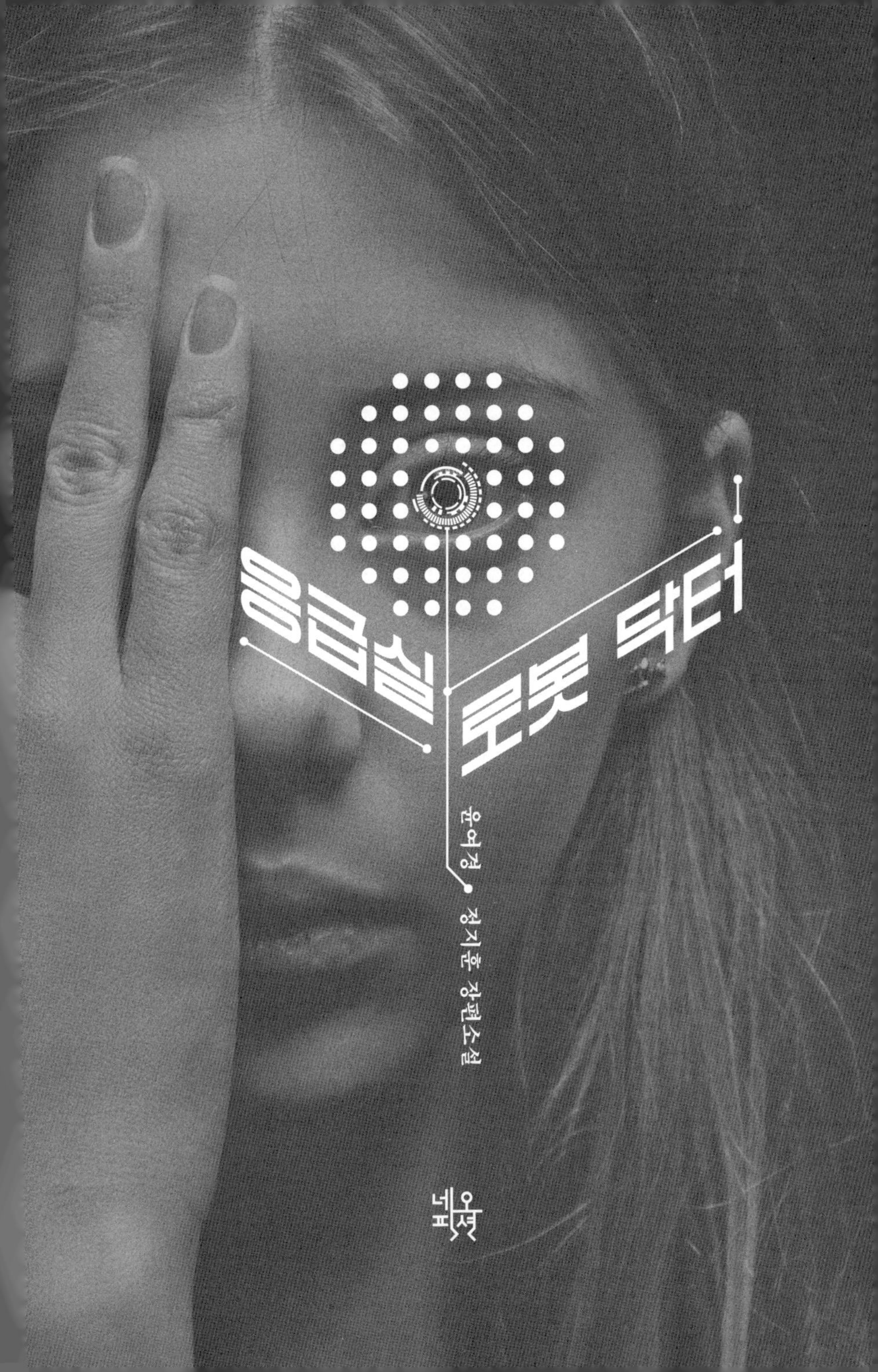
응급실 로봇 닥터
윤여경 • 정지훈 장편소설
네오픽션

차례

프롤로그

"로사에게 묻습니다. 당신은 간호사인가요?"

질문을 할 차례가 되자 어느 기자가 로사를 향해 손을 들고 물었다. 분명 보도자료에 '여성형 로봇 의사'라고 자세히 기재가 되어 있었지만 사실을 다시 한번 확인해보려는 그의 기자 정신이 빛났다.

"아뇨, 저는 의사입니다. 로봇 의사요. 줄여서 '로사'라고 해요. 기억하기 쉬우시죠? 농담입니다. 사실은 제가 가톨릭 신자라서, 로사는 제 세례명이랍니다."

로사는 부드럽게 미소 지었다. 사실 로사는 'R.O.S.A.A.'라는, 제조명의 약자를 뜻했지만 로봇에게 유머 감각이 있으리라고는 상상도 하지 못하는 일부 사람들은 그녀가 농담을 하고 있다는 사실조차 깨닫지 못했다.

기자회견장은 활기가 넘쳤다. 세계 각지에서 온 기자들은 카메라와 마이크를 들고 로봇 기술의 최신 동향을 추적하기 위해 모였다. 천장에서는 밝은 스포트라이트가 내려와 로봇들을 비추고 있었다. 청중석에는 학자, 공학자 그리고 일반인 들이 앉아 로봇들의 모든 움직임을 주시하고 있었다.

"네. 로봇 의사, 로사. 그럼 당신은 로봇으로서 인간 간호사들을 통제하게 되는 건가요?"

기자는 딱딱한 표정을 풀지 않고 물었다.

"간호사들은 저와 한 팀이며 서로 협력합니다. 의사는 주로 진단과 치료 계획을 세우는 역할을 하며, 간호사는 환자의 일상적인 관리와 치료 계획의 실행을 담당합니다."

로사의 말은 노래하는 것처럼 듣기 좋았다.

"레지던트 정수호 씨의 어시스턴트라고 소개되어 있는데 보조 업무로 시작하시는 겁니까?"

"네, 그렇습니다. 저는 정수호 선생님의 어시스턴트 닥터입니다."

"그럼 당신은 미래에 반란을 일으키거나, 당신의 담당 의사인 정수호 씨 혹은 당신의 창조자인 에로스에 반항할 계획이 있습니까?"

기자 한 명이 심각하게 묻자 주위가 술렁였다.

"왜 그럴 거라고 생각하세요? 제 제작사인 에로스의 담당자들과 정수호 선생님은 저에게 매우 친절합니다. 특히 정수호 선생님은 멋진 분이고 지금까지 잘 협력하고 있습니다. 저는 현재 상황에 매우 만족하고 있습니다."

동시에 로사는 연락 장치로 수호에게 생각을 전했다.

— 수호 씨! 저 좀 그만 째려보세요. 사람들이 오해하겠어요.

수호는 기자회견장 뒤쪽 구석에서 팔짱을 끼고 서서 눈썹을 찡그리면서 로사를 보고 있는 중이었다.

"나 안 째려봤어."

— 제 시야는 360도입니다.

"알아. 너 뒤에도 눈 달린 거."

수호는 그렇게 말하며 로사를 피해 사람들 뒤로 숨었다. 그녀와 연락 장치가 연결되어 있는 한 그다지 소용없는 일이지만 말이다. 수호의 생각을 읽을 수 있는 로사는 항상 잔소리를 했다. 수호는 혼자 두면 안 되는 사람이기 때문이었다. 그는 혼자 있으면 생각이 너무 많았다. 특히 수호 자신에 대한 부정적인 생각들이 그를 잡아먹을 것처럼 덤벼들었다. 그는 자신이 사고로 죽은 부모에 비해 한참 부족하다고 느꼈다.

"그럼 두 분, 같이 사진 부탁드립니다."

기자가 수호를 찾았다. 이리저리 숨어 다니던 수호는 자신을 부르는 목소리가 갈수록 커지자 결국 기자의 손에 순순히 붙들렸다.

수호와 로사가 한 자리에 섰다.

"좀 웃으시고요."

로사는 뭐가 좋은지 계속 싱글거렸다. 사진 찍기 싫어하는 수호는 얼굴을 찌푸렸지만 로사에게 팔뚝을 꼬집혀서 곧바로 미소를 지어야 했다. 결과는 좋았다. 사진 속 둘은 자연스럽고 보기 좋은 다정한 커플로 보였다. 로봇과 인간의 성공적인 팀워크의 상징 같았다.

함께 웃고 있는 두 사람의 사진은 기사에 실려 전 세계로 퍼졌다. 사진 한 장의 힘, 인상적인 이미지의 파급력은 놀라웠다. 미국의 CNN, 영국의 BBC, 프랑스의 AFP와 같은 국제 뉴스 기관들이 그 사진을 재보도하기 시작했다. 또한 디지털 미디어뿐만 아니라 전통적인 매체에도 그 영향이 닿았다. 잉크를 묻힌 신문에 그 사진이 큼직하게 인쇄되어 중앙아시아의 신문 가판대에서도 그 뉴스를 볼 수 있었다. 남미의 라디오 방송에서는 사진에 대한 설명과 함께 뒷이야기를 전했다.

"두 분은 어떻게 만나신 거예요?"

"첫 만남은 어떤 식이었죠?"

기자들이 두 사람에게 질문을 던졌다. 연예 기사라도 작성할 듯한 기세였다.

어린 왕자와 장미꽃 그리고 민유

20년 전, 로사와 수호의 첫 만남은 수호 아버지의 서재에서 이뤄졌다. 수호는 어른이 된 뒤에도 아버지가 처음으로 책상 서랍 속에서 로사를 꺼내어 보여주던 순간을 떠올리면 전율이 일곤 했다.

수호의 아버지 정도원 박사는 세상에서 가장 소중한 보물이라도 내놓듯 조심스레 로사를 보여주었다.

"얘가 로사야."

수호는 로사를 더 자세히 보려고 휠체어를 밀어 책상으로 다가갔다. 그리고 아홉 살의 작은 머리를 들이밀어 아버지의 손바닥 위에 올려진 작은 로사를 바라보았다. 창문에서 들어온 투명한 가을 햇살이 로사의 금속 표면에 반사되어 별빛처럼 서재에 흩뿌려졌다. 쿵 하고 심장이 내려앉았다. 아름다운 것을 보면 누구나 묘한 충격을 받기 마련이다. 그만큼 로사는 아름다웠다.

'로사'는 장미꽃이라는 뜻을 가졌다고 했다. 하지만 아무리 보아도 장미꽃과는 하나도 닮지 않은 금속의 다각형 보드였다. 의료 로봇 프로토타입 보드에는 'R.O.S.A.A.: Responsive Omni-Specialist for Advanced Algorithms상급 알고리듬을 위한 응답형 옴니 스페셜리스트'라고 금박으로 새겨져 있었다.

로사의 매끄러운 표면은 광택이 났고, 다양한 불빛으로 정보를 나타내는 디스플레이와 수많은 센서 데이터를 수집하기 위한 입력 슬롯 및 구멍들로 가득 차 있었다. 이 구멍들은 다이아몬드의 면처럼 여러 방향으로 커팅되어 있어 귀중한 보석을 연상케 했다.

"한번 만져볼래?"

도원이 미소지었다.

"그래도 돼?"

수호가 얼떨떨해하자 도원이 고개를 끄덕였다. 도원은 수호의 손바닥에 로사를 조심스레 내려놓았다. 그러나 누구도 예상하지 못했다. 수호의 손에서 갑자기 로사가 LED 불빛을 내면서 반짝이리라고는.

'떨어뜨리면 큰일 나. 고장 날지도 몰라.'

수호는 있는 힘을 다 끌어내어 몸에 힘을 주었다. 이마에 식은땀이 고였다. 갑자기 불빛이 쏟아지는 바람에 당황했지만 너무 긴장한 탓에 이유를 궁금해할 겨를이 없었다. 하지만 로사의 창조주인 도원은 눈을 크게 떴다.

"로사가 왜 빛을 내는 거지?"

로사는 분명 꺼져 있었고, 특별한 조작 없이는 자동으로 작동할 수 없었다. 도원은 자신의 시력에 문제가 생겼나 하는 생각도 해봤지만 아니었다. 아무런 명령도 하지 않았는데 로사가 혼자서 작동하고 있었다. 틀림없는 현실이었다. 수호가 떨리는 손으로 로사를 붙잡고 있는 것을 보며 도원은 잠시 멈칫했다. 도원은 깊게 숨을 들이마신 후, 마치 아무 일도 없던 것처럼 조심스럽게 로사를 수호의 손에서 받아들었다. 등 뒤로 찬 기운이 스쳤다.

"로사가 왜 이래?"

긴장이 풀린 수호가 아버지를 의아하게 바라보자 도원은 잠시 눈을 감고 정신을 차렸다. 우연일 거야. 이럴 때일수록 침착해야 했다. 도원은 수호가 놀라지 않도록 천천히 말을 이어갔다.

"빛이 나오는 것은 로사가 켜져 있다는 것을 의미해. 네 체온을 감지해 기본적인 정보를 수집하고 분석했어. 로사는 다양한 의료 정보를 실시간으로 수집하고 분석해서 한 번에 여러 가지 진단을 할 수 있지."

도원은 어리둥절해하는 수호의 어깨에 가만히 손을 올렸다.

"그러니까 로사는 커서 의사가 될 거란다. 너처럼."

도원은 수호가 알기 쉽게 설명해줬다. 의사가 된다고? 이렇게 작고 반짝이는 것이? 수호는 호기심 반, 의심 반으로 로사를 들여다보았다. 작은 불빛들과 미세한 구멍들이 디테일하면서도 아름답게 배치되어 있는 이 작은 보드가 신기하긴 했지만 그렇다고 어떻게 이런 작은 물건이 사람처럼 의사가 된다는 건지 도저히 알 수 없었다.

"나는 커서 의사 안 할 거야. 아이언맨 할 거야. 로사도 전투 로봇 부하로 만들어주면 안 돼?"

수호가 졸랐다. 소년은 자기 방에 진열장 속에 장식된 수많은 로봇 장난감들을 떠올리며 신이 났다.

도원은 그런 수호를 보며 약간 기운이 빠졌다. 자식이란 부모의 뜻대로 되지 않는다는 사실을 알고 있었지만 그래도 내심 수호가 커서 의사가 될 것이라고 믿었다. 자신의 아버지가 의사였고, 자신도 의료 로봇을 연구하고 있듯이. 하지만 정작 수호는 전혀 그럴 생각이 없었다. 어렸을 때부터 허약했던 수호는 힘센 사람이 되고 싶어 했다.

'아직 어려서 그런 거야.'

도원은 생각했다.

"로사는 부하가 아니라 그냥 로사야. 로사는 엄청 똑똑한 로봇이 될 거야. 엄청 똑똑한 로봇은 인간이 마음대로 통제하기 힘들단다."

"아, 메가트론처럼?"

수호는 금방 이해했다. 영화 〈트랜스포머〉 속 캐릭터인 메가트론은 나쁜 로봇이었다. 그런 로봇이 적이 되면 세상이 멸망한다는 것을 수호는 알았다.

"그래, 로사가 사람들을 위험하게 할 수 있단다. 사람들이 로사를 가르치고 길들여야 해. 그런데…… 수호야, 누구야? 널 때린 게."

도원은 로사를 끄고, 안타까운 표정으로 멍이 든 수호의 얼굴을 바라보았다. 수호는 민유의 장난 때문이라고 말하고 싶었지만 아버지의 표정을 보고 입을 다물었다. 민유가 장난삼아 자신을 괴롭히는 것을 수호는 알고 있었다. 그렇지만, 몸이 약하더라도 언제나 자신감에 찬 수호는 그런 일에 크게 상처받지 않고 웃어넘겼다. 수호가 보기에 민유는 불쌍한 애였다.

잡부의 아들인 민유가 수호를 괴롭히고 있다는 사실을 도원도 알고 있었다. 아이들끼리 크면서 다투는 것처럼, 그런 종류의 일인 줄 알았다. 수호에게 정황을 확인하고 민유를 타이른다면 그 똑똑한 아이는 말을 잘 알아들을 것이다. 그러나 한 시간 전 경호원이 사실을 급하게 보고했을 때, 도원은 크게 놀랐다. 아홉 살 아이가 생각할 수준의 장난이 아니었다. 비밀리에 집 안 여러 곳에 CCTV를 설치할 때만 해도 설마 했었다. 하지만 CCTV에는 민유가 뒤에서 몰래 다가가 휠체어를 탄 수호를 밀어서 넘어뜨리는 모습이 고스란히 찍혔다. 아홉 살 아이의 미약한 힘으로도 무거운 휠체어를 넘어뜨릴 수 있도록 턱이 날카롭게 나 있는 매우 교묘한 장소였다. 그런 장소는 잠깐 장난을 치려고 물색할 수 있는 곳이 아니었다.

"누가 그랬는지 봤어?"

수호는 고개를 숙인 채 가로저었다.

"정말?"

도원은 혹시 수호가 협박을 당하고 있나 싶어서 조심스레 그를 살폈다. 몸이 약한 수호를 민유가 압박하는 것은 쉬운 일일 테니까.

도원의 서재 앞을 지나가던 민유가 멈춰 선 것은 바로 그때였다. 범죄자가 자신의 범죄 현장을 계속 기웃거리는 것처럼 민유는 수호를 괴롭힌 뒤에 항상 그의 곁을 서성이며 수호의 반응을 살피곤 했다.

도원도 민유가 서재 앞에 서 있는 것을 발견했다. 평소에는 귀엽고 잘생겨 보였던 민유가 다르게 보였다. 민유가 수호를 보는 눈빛이 먹이를 쫓는 야생 늑대처럼 느껴졌다.

"민유야, 혹시 수호 휠체어 넘어지는 거 봤니?"

아무것도 모르는 척, 도원이 문 앞에 선 민유에게 물었다.

민유는 잠시 어떻게 말을 할까 고민했다.

'실수라고 할까? 아냐. 벌써 몇 번이나 몰래 수호를 괴롭혔지만 언제나 안 들켰으니 이번에도 들킬 일이 없을 거야.'

민유는 가볍게 생각했다. 이 집안 사람들은 쓸데없이 따스하고 사리분별을 못한다. 전과가 많은 것을 알면서도 아버지를 잡부로 불러들일 정도니까.

"아, 제가 잘못 건드려서 그만. 너무 놀라서 어른들에게 알리느라 휠체어를 못 일으켰어요. 사과하려고 수호를 찾아다니던 중이었어요. 수호야, 미안해."

민유의 밤톨같이 잘생긴 얼굴에 놀람과 당황함, 약간의 눈물이 비쳤다. 분명히 CCTV를 자신의 눈으로 확인했고 휠체어를 넘어뜨리는 것을 보았지만 그 천진한 얼굴을 보고 도원은 잠시 멈칫했다.

'그래, 저렇게 똑똑하고 성실한 아이가 그런 심한 일을 할 리가 없지. 하지만 방금 전에 본 민유의 그 차가운 눈빛은……. 아니야. 그냥 실수였을 수도 있고, 홧김에 한 일이 너무 감당이 안 돼서 사실을 말하지 못한 걸 수도 있지 않을까?'

천성이 착한 도원은 혼란에 빠졌다.

도원의 눈동자가 흔들리고 혼란에 빠진 것을 본 민유는 전혀 놀라지 않았다. 아무리 과학기술이 발달한 세상이라도 사람들에게는 종교처럼 각자 믿고 싶은 세상이 따로 존재했다. 수호의 아버지, 도원의 세상에는 소시오패스나 촉법소년은 없었다. 사랑스럽고 세상에서 제일 무해한 수호를 괴롭히는 친구 따위도 없었다.

하지만 망설이는 아버지를 본 수호는 당황했다. 언제나 자신을 철저히 보호했던 커다란 아버지가 당황하는 모습을 보이는 것은 처음이었다. 씩씩하긴 하지만 아직은 아홉 살밖에 안 된 어린이일 뿐인 수호는 본능적으로 공포심을 느꼈다.

민유는 속으로 수호를 비웃었다.

'그것 봐라. 너희 아버지는 나를 좋아해. 너보다도 똑똑하고 튼

튼하니까 저렇게 알고도 속잖아. 그 아버지에 그 아들. 바보들.'

수호는 무력해져서 최면에라도 걸린 듯 한마디도 하지 못했다. 대신 손발이 부르르 떨리고 심장이 뛰었다.

그때 갑자기 로사가 다시 켜졌다. 도원과 수호, 민유는 동시에 로사를 돌아보았다. 로사의 표시등이 깜박거렸다. 그러자 수호는 어지러움을 느끼고 비틀거렸다. 눈앞에 물감으로 그린 그림이 아른거리는 것 같기도 했다. 그림자와 빛이 뒤섞여 현실과 환상의 경계가 흐려지는 듯했다.

귓가에 이상한 소리가 들렸다. "수호야!" 하며 누가 부르는 것 같았다. 그 소리는 어딘가 먼 곳에서 오는 것처럼 아득하게 느껴졌지만, 동시에 내면의 깊은 곳에서 울려오는 것 같았다. 마치 로사의 프로세서와 자신의 의식이 어떤 신비로운 방식으로 연결된 것처럼 느껴졌다.

로사가 자신에게 무언가 중요한 메시지를 전하려고 하는 것 같았다. 이렇게 갑작스러운 현상을 마주치면 놀랄 법도 하지만 수호는 오히려 어떤 놀라운 가능성을 엿보는 기분이었다. 마치 새로운 차원의 문이 열린 듯한 느낌이었다.

"수호야, 괜찮아?"

도원이 걱정스럽게 물었다.

"응, 그냥 시끄러워."

"뭐가 시끄러워?"

"로사가."

"무슨 소리야?"

수호가 깊은 숨을 들이마신 뒤 입을 열었을 때 나온 소리는 일반적인 말소리와는 다르게, 사람은 거의 듣지 못하는 고주파의 소리였다. 마치 돌고래의 소리처럼 미세하게 공기를 흔드는 느낌이었다. 수호는 민유를 손가락으로 가리키며 계속 무어라고 중얼거렸다. 도원은 무슨 뜻인지 알 수 없는 그 소리에 당황하며 수호를 흔들었다. 수호의 목소리는 여전히 특별한 주파수로 나오고 있었고, 민유를 향한 표정은 불만스러워 보였다.

여러 차례 대화를 시도했음에도 아버지가 알아듣지 못하는 것이 확실해지자 수호의 표현이 달라졌다. 이번에는 마치 모스 부호를 입으로 이야기하는 것처럼 신음을 내기 시작했다. 수호 자신도 무슨 뜻인지 알 수 없었다. 마치 기계어 같았다. 도원은 계속해서 수호를 붙잡고 흔들었지만 수호는 멍한 표정으로 아버지를 올려다볼 뿐이었다. 수호가 외치는 말은 휠체어를 밀어 넘어뜨린 사람이 민유라고 호소하는 듯했다.

어떤 일에도 놀라는 일이 없는 민유가 조금씩 뒷걸음질 쳤다. 갑자기 빛을 깜박거리는 조그만 보드와 수호의 중얼거림이 마치 하나의 생명체 같았다. 지금까지 저지른 모든 일을 다 알고 있다며 화를 내는 것 같았다. 수호가 손가락질을 하며 민유에게 다가갔다. 민유는 그런 식으로 행동하는 수호를 본 적이 없었다. 성깔 있는 수호는 늘 민유에게만은 이상할 정도로 부드러웠고 어떤 일이 있어도 흔쾌히 용서해줬다. 수호가 자신을 불쌍히 여기고 있다는 것을 알고 난 뒤 민유는 수호가 세상에서 제일 미웠다. 몸도 제대로 못 가누는 너 따위가 나를 열등하게 여기다니. 그때부터 민유는 수호를 괴롭히고 장난감처럼 가지고 놀았다. 누가 더 잘났는지 확인시켜줘야 했다. 수호에게도 자신에게도.

민유는 수호와 모든 면에서 동등하거나 오히려 우세했지만 민유가 생각하기에 수호는 하나의 큰 약점이 있었다. 연민, 도덕심, 자아 반성. 그런 마음은 민유에게 아무짝에도 쓸모없는 것들이었다. 수호가 민유를 연민하기 때문에 민유를 제대로 판단하지 못하고 늘 당하는 것처럼. 그런데 지금 수호는 구름 걷힌 하늘처럼 민유를 벌거벗겨놓고 판단하는 것 같았다.

명료하고 차가운 이성, 투명하고 날카로운 판단력. 그건 수호가 아니었다.

'그럼 누구지? 마치 빙의된 것 같아.'

민유는 로사를 보았다. 표시등을 번쩍거리며 화를 내는 듯한 작은 로봇 로사는 수호와 닮아 있었다.

도원은 결국 로사를 강제로 종료했다. 로사의 표시등이 꺼짐과 동시에 수호가 고개를 푹 숙이더니 정신을 잃었다.

"수호야!"

도원은 수호를 업고 뛰었다. 서재에 홀로 남아 있는 민유를 어떻게 처리할 것인지는 나중에 생각할 문제였다. 뒤에서 민유의 시선이 쫓아오는 것 같았지만 도원은 그 느낌을 애써 떨쳐내려 했다. 축 처진 수호의 몸이 무거웠다.

여우와 길들이기

다행히도 수호는 병원에 도착하기 전에 깨어났다. 수호는 병원에서 몸에 다른 이상은 없는지 간단한 검사를 한 뒤 귀가했다.

자신의 방에서 잠들었던 수호는 밤늦게 퇴근한 어머니가 방에 들어오자 문득 눈을 떴다. 오늘 있었던 일들이 주마등처럼 스쳐 지나가는 가운데 한 단어가 머릿속을 맴돌았다.

"어머니, '길들인다'는 건 어떻게 하는 거야?"

수호가 졸린 목소리로 말했다. 유진은 사랑스러운 아들의 머리카락을 쓰다듬었다.

"그런 소리는 어디서 들었어?"

"아버지가 그랬어. 장미꽃을 길들여야 한다고."

수호의 똘망똘망한 검은 눈이 반짝였다.

"'길들인다'라……."

어머니는 고개를 갸웃하다가 문득 장식장에서 어린 왕자 스노볼을 발견했다. 몇 달 전, 퀘벡으로 출장을 다녀올 때 어린 왕자가 수호를 닮았다며 친구가 선물한 스노볼이었다. 그녀는 태블릿 PC에서 소설책 『어린 왕자』를 찾아 '길들인다'를 검색했고 수호에게 이불을 덮어준 뒤, 소설의 일부분을 읽어주었다.

"'길들인다'는 말이 무슨 뜻이야?" 어린 왕자가 여우에게 물었습니다.

"그건 친해진다는 뜻이야. 서로에게 특별한 존재가 되는 거지." 여우가 대답했습니다.

"그럼 그 장미꽃은 나를 길들인 거구나."

어린 왕자는 먼 하늘을 보며 말했습니다. 지구상에 넘쳐나는 아름다운 장미들 중 그 누구도 멀리 작은 행성에 두고 온 결점이 많지만 특별한 그녀를 대신할 수는 없었습니다.

수호는 로봇 자동차를 품에 안은 채 생각했다.

'그러니까 장미가 어린 왕자의 부하가 됐다는 거야, 아니야?'

수호는 계속 집중하려고 했지만 왠지 동화책을 읽어주는 어머니의 목소리는 점점 멀어져갔고 눈이 스르르 감겼다.

수호가 잠들자 유진은 천천히 태블릿 PC를 내려놓았다. 멍이 든 수호의 볼에 살짝 입 맞춰주면서 마음속으로 그를 위해 기도했다. 지병이 있어서 몸도 작고 여린 수호. 용감하지만 예민해서 마음이 여린 그를 위해 작은 스탠드 불을 켰다.

방에서 나오기 전에 유진은 장식장 위의 스노볼을 집어 들어 보았다. 스노볼은 마치 작고 푸른 우주를 담은 것처럼 보였다. 유리구슬 안에는 미니어처로 만들어진 어린 왕자가 작은 행성 위에 앉아 있었고, 그 옆에는 빛나는 장미꽃이 자라고 있었다. 살짝 흔드니 작은 은빛 눈송이들이 별빛처럼 빛나며 떨어졌다. 그 눈송이들은 어린 왕자와 장미꽃을 에워싸며, 마치 무한한 우주를 여행하는 것처럼 보였다.

"잘 자."

유진은 수호의 방에서 나와 방문을 닫았다. 그러기가 무섭게 핸드폰 알림이 울려서 보니 남편의 문자였다.

도원은 낮에 있었던 일을 그녀에게 설명했다. 그리고 낮에는 간단하게 검사해봤으니 조만간 정밀 검사를 시켜봐달라고 유진에게 전했다. 수호가 무엇 때문에 이렇게 된 것인지 확실하게 알아내야 했다.

유진은 신속히 다음 날 수호를 데리고 정밀 검사를 진행했다. 결론은 결국 하나였다.

"앞으로는 로사를 절대 수호 근처에 놔두지 마."

유진의 목소리는 차가웠다.

"검사 결과에 로사가 관계있다고 나온 거야?"

도원이 급히 물었다.

"나도 모르겠어. 아마도 수호의 뇌 속에 넣은 그 칩이 로사의 시스템과 어떤 식으로든 상호작용을 했을 가능성이 있어."

"통신 모듈 때문은 아니야. 있다면 머신 러닝 알고리듬에 문제가 있었던 걸지도."

"그러니까 애초에 왜 로사의 프로토보드의 핵심적인 병렬 코어에 수호의 뇌에 넣은 칩과 똑같은 모델을 끼워넣은 거야?"

"시간이 없었어."

가뜩이나 몸이 약한 수호는 어렸을 때 납치 사건에 휘말린 적이 있었다. 그 이후로 발작 장애가 심해져서 종종 혼수상태에 이르곤 했다. 그런 수호에게 불가피한 수술이었다고 도원은 생각했다. 한참 로사를 만들던 때였기 때문에, 수호에게 이식된 칩은 로사의 프로토보드 타입에 적용된 신경망 병렬 코어들을 연결해 전체적인 의사 결정을 담당하도록 가속화하는 링크 모듈의 디자인을 거의 그대로 적용해서 만들어졌다. 발작 장애가 나타나는 인간 뇌의 신경망에서 나타나는 여러 전기적 신호를 적절하게 제어해서 발작을 멈추게 하는 데 도움이 될 것이라고 생각했고, 이미 여러 실험을 통해 칩의 안정성은 확보된 상황이었다. 도원이 의학과 인공지능 반도체, 로봇공학에 모두 조예가 깊었기에 가능한 일이었다. 그러니까 로사와 수호는 신경망 쌍둥이라고 할 수 있었다. 한 명은 인간이고 하나는 로봇이긴 하지만.

"어쨌든 과거 얘기는 그만두고. 약속해줘. 로사를 폐기하기로."

유진의 목소리는 떨렸지만 완강했다.

"아니, 그 문제는……."

도원은 할 말을 잃었다.

"약속하라니까. 당신 자식이 로사야, 수호야?"

모호한 질문이었다. 도원은 로사의 탄생을 위해 인생 전부를 바쳤고 지금도 수호보다는 로사와 보내는 시간이 더 많았다. 로사가 고장나면 자신이 다치는 것처럼 아팠고 로사가 인정받으면 자신의 일처럼 기뻤다.

"……알았어. 로사는 폐기하고 의료 로봇용 프로토타입 보드는 새로 디자인할게."

도원은 힘없이 말했다.

"앞으로 로사가 수호 인생에 다시 나타나는 일이 있으면 안 돼."

유진은 한 번 더 강조했다.

"절대 안 돼."

*

도원이 쓰러진 수호를 업고 병원으로 가는 뒷모습을 보면서 민유는 서재를 떠나지 않았다. 민유에게 도원의 책상과 의자, 가구들은 거인의 것처럼 컸다. 서재의 책장에는 압도당할 만큼 많은 책이 꽂혀 있었다. 민유는 지난 2년 동안 그 책들을 대부분 읽었다. 민유는 여유 있게 책장의 책들을 살펴보더니 천천히 걸어서 책상 뒤로 돌아가 럭셔리한 의자에 파묻히듯 편히 앉았다. 피곤했다.

'재수없게 됐네.'

민유는 생각했다. 수호를 괴롭혔던 일이 모두 들통나버렸다. 상관없었다. 어차피 이 집에 사는 것도 싫었고 값비싼 사립학교에 보내준다고 감사해하며 휠체어를 탄 수호를 보호하는 것도 지긋지긋했다. 사실, 민유는 항상 모든 것을 지긋지긋해했다. 아이큐 179의 천재였고 신동이었지만 세상사 모든 것에 심드렁했다. 부모는 항상 싸웠고 가난은 떠나지 않았다. 그런 것 따위, 크게 상관없었다. 다만 좋아하는 사람도 없고 중요한 가치는 더욱 없다는 게 힘들었다. 죽은 사람과 다를 게 없었다. 그래서인지 살아 있다는 것을 느끼기 위해서는 항상 더 센 자극이 필요했다. 수호를 괴롭히거나 어른들을 감쪽같이 속이는 것도 그런 자극 중 하나였다.

하지만 민유는 오늘 무언가 중요한 것을 발견했다. 로사! 자신의 심장을 뛰게 만드는 무언가. 태어나서 처음 만난 것 같았다. 민유는 열린 상자 속의 로사를 신기한 듯 바라보았다. 수호가 내뱉던 알 수 없는 말의 정체는 로사의 목소리임에 분명했다. 로사는 수호의 입을 통해 민유를 고자질한 것이다. 수호를 지키기 위해서 말이다. 그게 가능한 일일까? 분명히 기술적으로는 불가능하다. 기술보다 더 신비한 무엇인가가 존재했다. 민유는 로사를 향해 고개를 살짝 기울이고 한쪽 입꼬리를 찌그러뜨리며 미소지었다. 흥미로웠다. 뛰어난 과학기술은 마법과도 같이 느껴질 수 있다고 했다. 로사는 민유의 지루한 일상의 틈새에서 태어난 마법과도 같았다.

단순한 기계일 뿐이었지만, 민유는 그 이상의 무엇인가를 보았다. 수호의 아버지가 하루 종일 연구실에서 연구에 심혈을 기울이는 것은 알고 있었지만 그곳에서 이렇게나 재미있는 일을 하고 있었을 줄은 몰랐다.

"로사, 내 말 들려? 도대체 수호와는 어떻게 통신하는 거야? 진짜 마법 같아."

민유는 반짝이는 로사를 희롱하듯 손가락으로 부드럽게 만졌다. 로사를 활성화하는 법을 알아야 했다.

"레비오사!"

민유는 『해리 포터』에서 물건을 공중에 날릴 때 쓰는 주문을 장난처럼 말하며 로사를 활성화하려 했다. 로사가 깜박이기 시작했지만 그뿐이었다. 민유는 신경 쓰지 않았다. 어차피 로사를 활성화하는 주문은 따로 있을 테니까. 민유는 자신이 마법사처럼 느껴져 어깨를 으쓱했다.

"그런데 너, 정말로 나를 일러바친 거니? 고작 수호를 다치게 했다고?"

답이라도 하는 듯 로사가 반짝였다.

"그러면 안 되지. 비오르 케디브르!"

민유가 화난 얼굴로 로사를 놀렸다. 블랙매직 주술서에서 본, 상대를 죽일 때 쓰는 주문이었다.

"괜찮아, 로사. 네 마음대로 해. 일러바치든 말든. 아직 넌 이 집 소유니까 나한테 널 움직일 권한은 없지."

아직은 말이야. 민유는 속으로 말하며 미소지었다. 로사를 갖고 싶었지만 지금은 힘이 없었다. 어쩌면 자신의 힘으로는 영원히 로사를 가질 수 없을지도 모른다는 생각도 들었다.

'살짝 던지면 고장 날 것 같은데. 그냥 확 고장 내버릴까?'

민유는 고개를 갸웃하면 로사를 들고 이리저리 살폈다.

그때 서재 밖에서 누군가 걸어오는 소리가 들렸다.

"민유야, 거기서 뭐해?"

청소를 하러 들어온 가정부였다.

"아무것도 아니에요."

민유는 놀란 척 눈을 동그랗게 떴다.

"그거 값비싼 물건이야. 손대면 안 돼. 네 아버지랑 네가 평생 벌어도 못 갚아."

가정부는 무거운 카펫 청소기를 내려놓고 로사를 만지고 있는 민유에게 다가갔다.

"방에서 이만 나가."

그렇게 말하면서 가정부는 민유를 옆으로 살짝 밀쳤다.

그녀는 민유가 이 집에 있는 게 탐탁지 않았다. 언젠가 정원의 한구석에서 종이 상자 속에 고양이를 가둬놓고 살아 있는 쥐를 하나씩 던지며 흥미롭게 지켜보던 민유를 본 적이 있었다. 민유가 수호의 물건을 훔치는 것도 눈치채고 있었다.

"앗, 죄송해요."

옆으로 살짝 떠밀린 민유는 천진하고 멍한 표정을 지었다. 아무 생각이 없는 것 같았지만 머릿속에는 이미 계획이 세워져 있었다. 복도로 나간 민유는 여유 있게 벽에 등을 기대고 스마트폰을 꺼내서 몇 번의 손동작만으로 손쉽게 와이파이에 연결된 스마트 청소기의 네트워크에 침투했다. 청소기의 제어 시스템에 간단한 명령어를 삽입했다.

가정부가 서재를 치우다가 10분 뒤 다시 청소기를 켰을 때, 청소기는 이상한 소리를 내며 빠르게 움직이기 시작했다. 얼마 지나지 않아 청소기는 모터가 과열되어 멈춰버렸다.

"이게 뭐야! 왜 이래?"

가정부가 당황해하며 청소기를 두드렸다. 민유는 복도에 가만히 서서 그 소리를 들으며 미소를 지었다. 텅 빈 미소였다.

민유는 복도를 지나 천천히 정원으로 향했고 곧 청소기 일은 잊어버렸다. 천진난만한 수호를 괴롭히거나 작고 힘없는 동물들을 학대했던 사실도 곧잘 잊어버리는 그였다. 그런 그의 머릿속에 로사가 떠올랐다. 로사는 집중할 만한 가치가 있는 물건이었다. 이런 기회는 쉽게 오지 않으리라는 것을 민유는 본능적으로 느꼈다. 어제까지 없던 인생 계획이 생겼다. 아주 긴 계획이었다. 민유는 깊은 생각에 잠겨 가는 길에 강아지풀들을 잡아 뜯으며 천천히 정원 한편에 있는 작은 경비실로 들어갔다. 그곳이 민유 가족의 보금자리였다.

"왜 벌써 와?"

술에 찌든 민유의 어머니가 민유를 보는 둥 마는 둥 하고 식탁에서 컵에 든 술을 마시며 물었다.

"이사하려고요."

"뭐라고?"

어머니는 민유가 하는 소리를 못 알아들었다.

민유는 자신의 방으로 들어가 훔쳐 온 물건들을 배낭에 넣었다. 태블릿 PC, 고가의 로봇 장난감, 게임기 등이었다. 수호나 같은 반 아이들에게서 재미 삼아 훔쳐 온 물건들이었다. 자기 몸무게만 한 무게의 배낭을 메고 방에서 나온 민유를 보고 어머니는 소리 질렀다.

"뭐 하는 거야, 이 쥐방울만 한 새끼가?"

어머니의 입에서 욕지거리가 나오자 민유는 조용히 스마트폰을 들었다. 띠링 하며 동영상 촬영음이 들렸다. 어머니는 민유의 머리를 한 대 쥐어박으려 했지만 술에 너무 취한 나머지 다리가 후들거려서 주저앉았다.

민유는 엄마 쪽을 돌아보지 않고 현관문을 나섰다. 민유는 커다란 정원을 지나쳐서 대문 밖으로 벗어났다. 지난 2년간 살았던 삼층집과 사람 키보다 높은 돌벽이 그를 내려다보고 있었다.

민유는 지나가다가 CCTV 사각지대를 찾아 쓰레기통 앞에 자신의 배낭을 버렸다. 아홉 살의 신동은 곧바로 경찰서로 가서 친부모를 아동학대 혐의로 신고했다. 학대의 증거는 그의 스마트폰에 넘쳤다. 그 증거와 이웃들의 증언을 기반으로 부모와의 격리 조치는 쉽게 진행되었다. 민유는 청소년보호센터로 들어가게 되었다. 학대를 당한 정황을 발견했다는 소식에 민유가 걱정이 된 수호의 부모가 청소년보호센터에 들렀지만 민유가 면담을 거부해서 돌아서야 했다.

그 이후로 민유는 딱 한 번, 부모를 만났다. 여러 가지 서류에 대면 서명을 하기 위해서였다. 화가 난 아버지가 민유를 때리려다가 제지당했고 어머니는 입에 담지 못할 욕설을 민유에게 퍼부었다. 그 이후 그들은 평생 서로를 찾지 않았다.

청소년보호센터 생활은 처음엔 불편했다. 방을 같이 쓰게 된 중학생 형은 밤마다 몸을 쓰다듬으려고 했고, 한 살 어린 원생은 민유의 물건을 훔치곤 했다. 그러던 어느 날, 중학생 형의 스마트폰이 갑자기 폭발하는 사고가 발생했고 어린 원생은 교통사고에 휘말렸다. 이 사건들과 민유와의 연관성을 밝혀낼 증거는 없었지만, 모두들 민유가 복수를 한 것이라고 수군댔다. 민유 주변의 공기는 확연히 달라졌다. 민유를 멀리하는 원생들의 시선. 그러나 그런 것쯤 민유에게는 별일 아니었다.

다만, 민유는 밤이면 눈을 감고 잠을 청하며 아쉬운 듯 혼잣말을 하곤 했다.

또 보자, 로사.

수호와 토러스

20년 후.

국경없는의사회의 중앙아시아 사무소에서 수호는 웨어러블 로봇 슈트를 착용하고 있었다. 배낭같이 생긴 간단한 웨어러블이었지만 근육의 움직임을 강화시켜주며, 무거운 상자들을 쉽게 들어 옮길 수 있게 해주는 장치였다. 그는 비상식량과 의료용품을 담은 상자들을 빠르게 창고로 옮겼다. 옆에 있는 다른 사람들과 비교가 될 만한 속도였다. 다부진 체격에 키가 큰 수호는 의사라기보다는 군인 같아 보였다. 어렸을 때의 지병을 극복하고 체력 단련에 힘쓴 결과였다.

"할아버지, 너무 많이 일하지 마세요. 로봇 슈트 없이는 허리에 큰 부담이 가니까."

수호는 노년의 원주민 통역사가 상자를 옮기는 것을 보고 걱정스럽게 말했다. 원주민 통역사는 수호를 힐끗 보고 웃었다.

"나는 그런 장난감은 사용 안 한다니까."

"장난감이라기에 2천 달러는 비싸네요."

수호가 통역사에게 놀리듯 미소 지었다. 둘은 지난 6개월간 친할아버지와 손자처럼 막역하게 지내왔다.

"그러니까 장난감이지. 부자들의 장난감. 이곳 사람들은 그 돈 못 모아. 아예 꿈도 꾸지 않는 게 낫지."

통역사는 묵묵히 짐을 옮겼다. 로봇 슈트는 한국에서 과수원을 하거나 농사짓는 사람들도 사용하는 웨어러블이었다. 하지만 산발적인 전쟁이 계속되고 경제가 파탄 난 지 오래인 이곳에서는 일반인들이 사용하기에 너무 부담이 컸다.

"그럼 제 걸 쓰세요."

"안 쓴다니까. 충전할 전기세도 감당 못 해. 우리는."

수호가 뭐라고 입을 다시 떼려던 찰나였다.

"수호!"

멀리서 백인 의사 동료가 다급하게 그를 불렀다.

"산 중턱의 마을에서 콜레라가 퍼지고 있다. 빠른 의료 지원이 필요하다."

사무실 천막 안에서 몇몇 의사들이 무전기를 들었다. 그들은 마음 같아서는 바로 대응하고 싶었지만 콜레라가 퍼지고 있다는 마을은 험난한 산길로 이어져 있는 곳이었다. 긴급 회의가 소집

되었다.

“거긴 차로는 갈 수 없어. 너무 위험해. 갔다가 돌아오는 데만 나흘이 넘게 걸리는데. 지금 의사 수도 부족하잖아. 그런 곳에 배치할 여유가 없어.”

동료 의사인 마리아가 단호하게 말했다.

수호는 잠시 생각하더니 웨어러블 로봇 슈트의 추가 부품 중 하나를 꺼냈다. 슈트의 발 부분에 부착하여 험난한 지형에서도 빠르게 이동할 수 있게 해주는 장치였다.

“사흘 뒤면 토러스가 도착할 거야. 그때 움직이면 되지 않을까?”

마리아가 말했다.

“이걸로 갈게. 이틀이면 왕복할 수 있어.”

수호가 무언가를 결심한 표정으로 말했다.

“그동안 슈트 시제품을 테스트해왔으니까 기계에 익숙해.”

수호의 말에 마리아와 다른 의사들은 걱정스러운 표정으로 수호를 바라보았다.

“여기는 네 아버지 회사의 로봇 테스트장이 아니야. 의료기관이라고.”

한 의사가 반발했다.

“아버지는 그냥 로봇이 아니라 의료 로봇을 만들고 있어. 의료 현장에서 쓰이지 않는다면 어디서 쓰여야 하는 거지?”

“또 시작이네. 넌 지금 팀에 무리한 요구를 하고 있는 거야.”

듣고 있던 마리아가 고개를 가로저으며 중재했다.

"그 마을 주민들 중에는 보따리 장사꾼이 많아. 가족이 병에 걸려도 생계를 위해 일할 사람들이고. 콜레라가 멀리 퍼지게 되면 더 큰일이 닥칠 거야. 혹시 수호가 늦게 도착하면 그동안 내가 수호 몫까지 일할게. 사흘 뒤에는 의료 로봇 토러스와 경비 로봇이 올 테니까 그들이랑 같이 협업하면 되고. 이걸로 미팅 마치자. 수호는 빨리 준비하고 떠나. 두 시간마다 보고하고."

마리아가 상황을 일단락하고 자리에서 일어났다. 도원이 만든 의료 로봇 토러스와 막사를 경비할 경비 로봇 그리고 인간 운전사가 사흘 뒤 도착하기로 되어 있었다. 그때까지만 버티면 상황은 한결 수월해질 것이다.

"토러스가 도착하기 전에 내가 꼭 먼저 와 있을게."

수호는 마리아에게 감사를 전했다.

수호가 토러스와 같은 의료 로봇들을 분쟁 지역으로 불러들인 것은 여러 가지 이유가 있었다. 그중에 하나는 의료 로봇에 대한 사람들의 생각을 뒤집기 위해서였다. 기술적으로 토러스는 당장 활동하기에 손색이 없는 상태였지만 의료 로봇에 대한 사회적인 두려움과 불신이 의료 로봇의 발전을 억제하고 있었다. 그렇게 불안정한 상황에서 수호는 국제 분쟁 지역에서 토러스의 활동을 허가해줄 것을 요청했다. 그의 논리는 명확했다. 토러스가 성공적으로 활약한다면 그 기술의 유용성이 입증되고 사회적인 수용이 빨라질 것이라고 수호는 생각했다.

수호는 발에 웨어러블을 부착하고 필요한 의료용품과 비상식량을 슈트에 장착한 후 험난한 산길을 빠르게 올라가기 시작했다. 그의 움직임은 보통 때보다 두 배는 빨랐다.

*

이틀 뒤, 평상시보다 매우 지쳐 보이는 마리아가 회진을 하고 있었다.

"수호는 아직이야?"

간호사들이 뒤에서 수군거렸다. 전날 근처에서 일어난 드론 폭격 때문에 사상자가 많았고 마리아는 수호 몫까지 일하느라 밤을 샜다.

"난 괜찮아. 다음 막사로 가자."

마리아가 천막을 나서는데 자동차가 가속하는 소리가 들리는가 싶더니 멀리 도로의 끝자락에서 시작된 희미한 먼지구름이 점점 커졌다. 황토색의 먼지 안에서, 길 위를 휘저으며 흔들거리는 검은 그림자 하나가 천천히 모습을 드러냈다. 거대하고 검은 몬스터 차량이 국경없는의사회의 의료 텐트 군락을 향해 달려오고 있었다.

"저, 저거 뭐야? 미친 거 아니에요?"

한 간호사가 공포에 찬 눈으로 자신도 모르게 혼잣말을 하며 비틀거렸다. 옆에서 장기이식이 진행되고 있는 수술 텐트로 향하고 있던 인턴도 깜짝 놀라 뒤돌아섰다.

"그거 떨어뜨리면 네 장기로 바꿔 넣을 거야!"

인턴이 주변을 돌아보자 군락의 길 건너에서 어느새 돌아온 수호가 눈을 부릅뜨고 있었다. 인턴은 퍼뜩 정신을 차리고 장기 이식용 상자를 품에 힘껏 끌어안았다.

"당장 수술 텐트로 가!"

장기이식용 상자를 본 마리아가 인턴을 향해 소리쳤다.

"알겠습니다!"

인턴은 자신도 모르게 외치며 발걸음을 뗐다.

인턴은 장갑 안으로 땀이 가득 차오르는 손에 온 힘을 싣고 상자를 안은 채 수술 텐트로 들어갔다. 이틀 만에 산골 마을에서 돌아온 수호는 인턴과 반대 방향으로 달려가서 낡은 덤프트럭의 운전석에 올라탔다.

수술 텐트에 들어가 장기이식용 상자를 수술 팀에 전한 인턴은 몬스터 차량이 텐트를 향해 돌진하고 있다는 사실을 의사들의 귀에 속삭여서 전했지만 그들은 얼굴을 한 번 찌푸릴 뿐 곧 수술 준비를 시작했다. 폭발의 충격으로 인해 절단된 손가락을 즉시 접합하지 않으면 골든타임을 놓치기 때문이었다.

국경없는의사회에 속한 의사들은 전쟁, 기아, 질병, 재난 상황 등 수많은 위험한 상황 속에서도 환자에게 집중하도록 훈련되어 있었다. 그들이 지금 신경 써야 하는 것은 수술뿐이었다. 그들의 팀워크와 상호 신뢰는 단단했다. 하지만 이런 경험이 부족한 인턴은 수호가 트럭을 타고 곧장 달려가는 것을 보며 숨을 죽였다. 수호의 트럭이 모래를 날리며 길을 달렸다. 사막의 모래바람이 느리게 흐르는 모래시계 같았다.

“설마 저 차를 자기가 막겠다는 거예요?”

수술 텐트에서 나온 인턴이 안절부절못하며 옆에 서서 담뱃잎을 씹고 있던 원주민 통역사에게 물었다. 통역사는 인턴이 투덜거리는 것을 듣고 눈살을 찌푸렸다. 그는 담배꽁초를 휴대용 목걸이 재떨이에 넣더니 어깨를 으쓱거리며 인턴을 쳐다봤다.

“글쎄. 수호가 저 차를 이기거나 아니면 그 반대겠지. 근데 수호는 보통 이기는 선택을 해.”

통역사는 팔짱을 끼고 상황을 심각하게 지켜보았다.

‘이기는 게 선택이 되냐고요.’

인턴은 속으로 생각했지만 굳이 입 밖으로 내지는 않았다. 인턴의 눈동자가 불안하게 두 차량을 훑어보았다.

수호의 트럭이 몬스터 차량을 옆에서 밀어붙였다. 두 차량의 충돌로 금속이 마찰하는 소리가 황량한 사막에 울려 퍼졌다. 그르렁거리며 싸우는 금속 괴물들의 포효가 의료 텐트를 흔들었다. 그 소리는 천둥이 하늘을 가르는 것처럼 불길했다. 텐트의 바깥 주차장 쪽에서 난 소리가 분명했다. 주차장은 텐트에서 불과 수 미터 떨어져 있었으며, 달리는 차로는 순식간에 닿는 거리였다.

의료 텐트 안은 웅성거렸다. 공포와 불안으로 인해 움직이는 모든 사람의 흐름이 빠르게 바뀌었다. 몇몇은 의자에서 일어나서 자신의 가족을 찾았고, 어떤 이는 본능적으로 두 팔로 자신의 머리를 보호하려고 시도했다.

"밖에 드론이 날아다니는 거예요?"

하얀 비닐로 사방이 가로막힌 무균 침대에서 작은 소녀가 간호사에게 물었다. 드론으로 폭발물 공격을 받아서 온 가족을 화재로 잃은 소녀는 3도 화상으로 인해 손발과 눈까지 전신이 붕대로 감겨 있었다. 그녀가 쓸 수 있는 감각은 오로지 청각뿐이었다.

"여긴 평화 지역이야. 드론 같은 건 없단다."

간호사는 소녀를 안심시키려고 부드럽게 말했다. 국경없는의사회와 적십자가 같이 쓰고 있는 이 의료 텐트 군락은 모든 사람이 보호받아야 하는 곳이었다. 그럼에도 완벽하게 안전하지는 않았다.

수호는 트럭 안에서 숨을 크게 들이마셨다. 방금 전 몬스터 차량을 들이받으면서 흉부 쪽에 큰 충격을 받았다. 그럼에도 그는 아직 인내심 넘치는 집중력을 보여주고 있었다. 이마에서는 식은땀이 흘렀다. 충돌로 인해 차량의 속도가 약간 누그러진 틈을 타 수호는 차창을 내렸다. 사막의 뜨거운 바람이 순식간에 차 안으로 몰려들었다. 그는 몬스터 차량 옆으로 트럭을 나란히 몰며 운전사에게 소리쳤다.

"이봐요!"

"자율주행 AI가 고장 났습니다! 수동 운전도 도저히 말을 듣지 않아요!"

마치 사막의 폭풍 소리처럼 운전사의 대답은 격렬했다.

수호는 당황하지 않았다. 그의 눈은 더욱더 또렷해졌다.

"시동 꺼버려요!"

수호가 다시 외쳤지만 대답은 역시나 절망적이었다.

"시동이 말을 안 들어요!"

수호는 입술을 깨물었다.

"그럼 좀 참아요!"

"뭐라고요?"

운전사가 물었지만 수호는 답하지 않았다. 수호는 몬스터 차량을 앞질러 간 뒤 후진해서 차량을 들이받았다. 두 차량이 부딪힌 상태로 사막을 가로질러 달렸다. 강철 대 강철, 바퀴 대 바퀴, 그 비명이 메아리처럼 울려 퍼졌다. 금속끼리 맞부딪히는 소리가 오랫동안 이어지는가 싶더니 수호의 트럭이 드디어 몬스터 차량을 밀어내기 시작했다.

수호는 앞으로 속력을 냈다가 다시 후진해 몬스터 차량에 부딪혔다. 몬스터 차량은 그 강력한 힘에 밀려 주차장의 외곽으로 방향을 바꾸었다. 이윽고 차량이 주차장의 경계에 닿자 마법처럼 움직임이 멎었다. 응급 의료 텐트를 향해 무섭게 달려들었던 사막의 야수가 드디어 잠잠해졌다.

충돌 소리가 먼지를 흔든 후의 순간적인 고요함. 수호는 숨을 참았다. 그리고 다시, 시간은 빠르게 흘러가기 시작했다.

수호는 차에서 내려 몬스터 차량 쪽으로 달려갔다. 그의 머릿속에 수많은 경우의 수가 떠올랐다. 충격파로 인한 외상, 귀를 통한 소리에 의한 외상 그리고 가장 위험한 폭발로 인한 화상. 의사는 항상 모든 가능성을 염두에 두고 행동해야 한다.

우선 전해 듣기로 사람은 운전사 한 명이고 토러스를 포함한 로봇이 두 대였다. 로봇은 공학자가 보면 될 것이니까 수호는 운전사만 신경 쓰면 되었다.

차량의 운전석 문은 삐걱이며 반쯤 열린 상태였다. 운전사는 어찌된 일인지 빠져나오지 못하고 있었다. 수호는 차량 옆으로 다가가며 잠시 주저했다. 그는 신중하게 차창 안을 들여다보았다. 차량 내부의 반쪽은 에어백으로 가려져 있었다. 그 가려진 부분으로 힐끔 보이는 얼굴은 어딘가 낯이 익었다.

"정신이 들어요?"

수호가 최대한 어린아이 대하듯 부드럽게 물었다. 상대가 정신적 충격을 받았을 수도 있기 때문이었다. 운전사는 수호의 질문에 간신히 눈을 깜박였다. 운전자의 머리는 에어백에 묻혀 있었지만, 시선은 수호를 향했다. 희고 창백한 피부에 단정한 얼굴, 거울처럼 빛나는 검은 눈이 그를 향했다. 그에 반해 부스스한 사자 갈기 같은 머리카락에 햇빛에 탄 홍조 띤 얼굴을 한 수호는 전문의가 아니라 마치 야생동물 같았다.

'이런 열대에서 얼굴이 햇빛에 하나도 안 타고, 분명히 세상이 쉬워서 심심해 죽겠는 부자 봉사자겠지.'

수호는 생각했다.

상황이 진정된 것을 확인한 사람들이 텐트 밖으로 하나둘씩 나와 현장을 바라보았다. 겁도 없이 차량 가까이 다가오는 사람도 있었다. 그때 갑자기 차량 뒷좌석 쪽에서 누군가의 비명이 공기를 찢었다.

"사람이…… 죽어 있어요!"

"무슨 소리야? 거기엔 로봇 두 대만 실려있을 텐데. 사람이라고는 여기 있는 운전사 한 명……."

에어백이 줄어들면서 운전사의 얼굴이 드러나기 시작했다. 시간이 없었다. 수호는 사망자를 살피기 위해 뒷좌석으로 이동했다. 로봇 한 대가 전원이 꺼진 채 널브러져 있었고 그 옆에 누운 여자 한 명은 이미 죽은 듯했다. 수호는 시체 앞에 서서 순간적으로 머릿속에 있는 법의학적 지식을 스캔하며 신속하고 정확하게 움직였다.

사망자는 30대 후반으로 보이는 인간 여성이었다. 머리에 심한 피멍이 생긴 것으로 보아 누군가 머리를 강하게 때린 것 같았다. 수호는 다른 손으로 스마트폰을 집어 들어 플래시를 켰다. 그는 사망자의 찢어진 두피를 조심스럽게 들어 올렸다. 흉터는 이미 건조했고 주변 조직은 출혈로 인해 붉게 변했다. 수호의 노련한 눈으로 보았을 때 피해자의 상처는 차량 사고 때문이 아니었다. 모든 상처가 아직 핏기가 빠지지 않은 채 붉게 물들어 있었다. 놀라운 점은, 강간을 당한 흔적이 있다는 것이었다.

수호는 숨을 깊게 들이마신 후, 상처 부위에서 가해자의 것으로 추정되는 흔적을 수집했다. 피해자의 하의를 다시 정돈하고 현장을 가릴 수 있도록 옆에 있는 동료에게 지시했다. 동료의 눈은 얼어붙었지만 마음속에는 분노와 슬픔이 차올랐다.

"저기…… 선생님."

늘 수호에게 가볍게 장난을 치곤 했던 공학자의 목소리가 이상하게 떨렸다. 공학자는 자신이 살피던 로봇에서 떨어져 나간 부품 하나를 가리켰다. 피해자의 것으로 보이는 피가 묻어 있었다. 마치 여성을 공격한 것이 인간이 아니라 로봇일 수도 있다는 또 하나의 물음표처럼 보였다.

"이것이 로봇이 인간을 강간하고 살해한 확실한 '물리적 증거'라고 보십니까?"

수호의 목소리는 차가웠다. 공포에 찬 의문, 실망이 섞였다.

"우선 그렇게 보입니다."

공학자가 미묘하게 눈썹을 찡그리며 덧붙였다.

"로봇의 특정 부분, 특히 센서 부품을 상세히 검사해야 할 필요가 있어 보입니다. 훼손된 표면과 내부 데이터에 보이는 비정상적인 패턴을 조사해야 합니다. 그리고……."

공학자도 당황했는지 설명이 길어지고 있었다. 수호가 무겁게 말했다.

"그럼 시간이 없네요. 즉시 조사 팀을 구성하고 진행하세요. 상황은 제가 상부에 보고하도록 하죠."

"이 차량에는 로봇이 두 대였습니다. 누가 인간을 공격했는지는 조사 결과가 나와봐야 압니다. 운전석에 있는 것까지, 로봇 두 대 다 우선 격리시켜야 할 겁니다."

공학자가 운전사를 '운전석에 있는 것'이라고 칭했다. 수호는 문득 무언가를 예감하고는 잠시 무겁게 눈을 감고 있다가 천천히 운전석 쪽으로 향했다. 에어백은 가라앉아 있었다. 수호는 차창 안으로 손을 내밀어 진단용 램프를 켜고 운전사의 동공을 살폈다. 그의 진단 램프가 운전사의 동공을 조명하자, 비밀이 드러났다. 그는 인간이 아니었다. 피부, 눈, 표정 모두 완벽하게 인간을 흉내 냈지만 그는 잘 만들어진 휴머노이드였다.

"토러스?"

수호가 물었다.

"오랜만이에요, 수호."

토러스는 낮고 부드러운 목소리로 말했다. 환자들에게 신뢰와 평안함을 주기 위해 특별히 프로그래밍이 된 목소리였다.

재회와 이별

전 세계적인 불황과 전쟁, 기후 위기는 사회에서 취약한 사람들에게 가장 큰 위기로 다가왔다. 국경없는의사회가 활동하는 국제적인 분쟁 지역에서는 그 위기가 더 크게 느껴졌다. 수호는 계속되는 자원 부족과 복잡한 의료 상황에 점점 지쳐가고 있었다. 늘 자신이 할 수 있는 최선을 다하고 있었지만 때때로 수호의 지식과 기술만으로는 환자들을 돕는 데 한계가 있었다. 의료기기와 의약품도 제대로 들어올 수 없는 곳이었다.

그러던 어느 날, 수호는 복잡한 수술을 필요로 하는 한 소녀를 환자로 만났다. 그 환자를 돕기 위해선 기술적인 지원이 절실하게 필요했다. 그런데 그들이 있는 지역에는 그런 기술적 지원을 받기 어려운 상황이었다. 최선을 다했지만 그는 자신의 한계를 처절히 인식하며 좌절감에 휩싸였다. 그렇게 자신을 돌아보며 고민하던 그는, 로봇으로 해결책을 찾아야겠다는 결론에 이르렀다. 그때 그의 머릿속에 아버지가 만들고 있는 의료 로봇이 떠올랐다.

수호는 어릴 적부터 의료기기에 대한 관심을 가지고 있었다. 특히 그들의 복잡한 작업 능력에 감탄하곤 했다. 각종 질병을 진단할 수 있는 센서가 내장되어 있고, 간단한 외과수술도 가능했다. 그렇게 쉽게 이동이 가능한 의료기기가 있다면 외지나 분쟁 지역의 환자들에게 더 나은 치료를 제공할 수 있을 것이라는 생각이 그의 마음을 들뜨게 했다.

당시 개발 중이었던 토러스가 완성되기까지 6개월이 더 필요했다. 그동안 수호는 분쟁 지역에 먼저 돌아와서 봉사활동을 계속했다. 그때까지만 해도 이런 일이 생길 거라고는 예측하지 못했다. 사람을 구해야 할 의료 로봇이 저런 엄청난 범죄를 저지르다니. 설마 토러스가? 수호는 그의 맑고 아름다운 눈을 들여다보며 심란해졌다.

"다친 곳은?"

수호의 질문에, 토러스는 운전석에 앉은 채로 잠시 동안 조용히 눈을 감았다.

"자가 진단 결과를 분석 중입니다."

토러스가 말했다. 그의 머릿속에서는 수천 가지의 시나리오가 즉시 실행되었다. 세밀한 자가 검사는 각종 센서를 통해 수집된 데이터를 분석하면서 손상 범위를 측정했다.

"내장된 고성능 방진 장치와 충격 흡수 시스템이 큰 충격을 완화했지만 그럼에도 중요한 부분에 손상을 입었습니다. 현재 자가 진단 결과, 메인 프로세서에는 큰 손상이 없지만 일부 외부 센서와 소프트웨어 모듈에 손상이 감지되었습니다. 수리가 필요할 것 같습니다."

토러스의 목소리는 냉정하고 객관적이었다.

"저것을 끌어낼까요?"

토러스를 이것, 저것이라고 지칭하던 국경없는의사회 실장은 수호의 말이 끝나기도 전에 토러스의 팔을 잡고 끌었다. 하지만 토러스는 꼼짝도 하지 않았다. 차량 뒤편에서는 로봇이 비활성화되었을 때 옮기기 수월하도록 도와주는 로봇 운반 장치가 고장 나서 다들 끙끙대며 로봇을 일으켜보려고 하고 있었다.

"좋아. 그럼 일단 저 경비 로봇을 들고 창고에 다녀와. 저 여성분도 옮기고."

수호는 뒷자리에 있던 로봇을 가리키며 토러스에게 말했다.

"네, 알겠습니다."

토러스의 목소리는 평온했다. 그는 매끄러운 동작으로 운전석에서 뛰어내렸다. 불안해하며 옆에서 기웃거리던 사람들이 토러스에게 길을 비켜주었다. 차 뒷좌석으로 간 토러스는 고장 난 경비 로봇과 부속된 짐들을 양손으로 들고 가벼운 걸음으로 창고로 향했다. 토러스가 다시 차 뒷좌석으로 돌아와 들것에 실려 있던 여성의 시체를 옮기려던 순간이었다. 차에서 불꽃이 치솟았다. 근처에 몰려 있던 사람들은 본능적으로 주춤주춤 물러났다. 수호 역시 당황해하며 차에서 떨어졌으나 아차 했다. 곧이어 차가 폭발을 일으켰다.

"안 돼!"

수호가 여성의 시체가 누워 있는 차량 뒷좌석으로 뛰었다. 사람들은 수호를 향해 가지 말라고 소리쳤다. 하지만 억울한 사망을 당했을 여성과 이번 사건에 대한 무수한 증거들이 사라지기 일보 직전이었다. 그런 일이 생겨서는 안 됐다.

수호는 차에 올라타 피를 흘리며 눈을 감고 있는 피해자의 시신을 향해 손을 뻗었지만 피해자는 들것에 손발이 묶여 있어 빼내기 쉽지 않아 보였다. 불이 번질 대로 번진 차 안은 연기가 자욱해서 앞이 잘 보이지 않았다. 눈앞이 안 보이는 상황에서 손으로 더듬어서 들것의 벨트를 풀려고 하는 순간 수호의 몸이 공중에 붕 뜨더니 바깥으로 빠르게 튕겨져 나갔다. 바닥에 나동그라진 수호는 얼굴을 찌푸린 채 간신히 고개를 들었다. 토러스였다.

수호는 벌떡 일어나 불타고 있는 차로 달려갔지만 토러스가 그를 안아서 다시 멀리 던졌다. 수호는 몇 미터 떨어진 곳에 나동그라졌다. 수호는 차가 뿜어내는 연기 속으로 토러스가 들어가는 모습을 지켜보다가 정신을 잃었다.

한 시간 뒤 수호가 깨어났을 때, 조사해야 할 차량과 블랙박스는 완전히 전소되어 있었다.

*

흙먼지가 날아가는 가운데 오래된 종교 사원 한 채만이 적막한 평야에 서서히 그림자를 드리우고 있었다. 지난 수백 년 동안 많은 사람이 모여서 기도를 했을 이 고색창연한 건물은 벽에 난 총알 구멍 등 수많은 전쟁의 상처가 깊이 박혀 있었다. 사원은 이런 가혹한 세상에서도 어떻게든 버텨낸 삶의 흔적을 품은 상징물이 되어 은연중에 사람들의 존경심을 불러일으켰다.

사원의 안에는 방금 전의 차량 화재로 얼굴의 반이 타버려서 붕대로 감싼 토러스가 서 있었다. 토러스를 과도하게 불신한 사람들이 토러스가 텐트를 찢고 달아날까 봐 그를 사원 안에 가둬놓았다. 그 뒤로 수호의 그림자가 드리워졌다.

토러스의 외형은 강하고 우아하게 보였지만, 그의 신체는 완전히 비활성화된 상태였다. 그의 모습은 천 년 동안 잠들어 있던 이집트 미라를 연상케 했다. 토러스와 미라는 얼핏 비슷해 보였다. 그들은 모두 불가해하고 접근하기 어려운 존재였다. 수호는 토러스에게 조심스럽게 다가갔다.

토러스의 얼굴은 토러스가 개발될 당시 수호가 아버지에게 제안한 얼굴이었다. 인간 환자들에게 신뢰와 치유감을 줄 수 있는 좋은 인상을 갖게 하기 위해 수많은 연구 결과를 토대로 한 결과였다. 토러스는 편안하면서도 신뢰가 가는 균형 있는 외모를 갖게 되었다. 수호의 눈앞에 토러스의 얼굴이 디자인되던 순간들이 떠올랐다. 차가운 로봇인 토러스의 이미지를 바꾸기 위해 많은 노력이 들어갔다. 토러스의 얼굴과 피부, 표정 알고리듬까지 인간에게 편안한 인상을 줘야만 했다. 수호가 자신의 아버지에게 손수 제안했던 프로젝트의 결실이기도 했다. 수호는 로봇 의사에 대한 사회적인 반감을 줄이기 위해 국제 분쟁 지역에서 로봇 의사의 실력을 보여주겠다는 야심찬 프로젝트를 결성했다. 그 덕분에 토러스가 탄생했다.

토러스라는 이름도 수호가 직접 지은 것이었다. 한국 설화에서 병막이신이 되어 아이들의 병을 낫게 하는 거북과 남생이 형제를 뜻하기도 하고, 심장의 펌핑으로 혈액이 인체를 따라 순환하는 모습을 비유하는 수학적 용어인 토러스Torus를 뜻하기도 했다. 인간의 치유와 생명을 간곡히 바라는 의미를 담아서 지은 이름이었다.

수호는 과거의 추억에서 깨어나 방금 전에 있었던 사건을 돌아보았다. 로봇이 인간 여성을 강간한 것으로 추정되는 사건을 철저하게 조사한 결과, 경비 로봇은 해킹 문제가 많은 제조사에서 나온 로봇이었다. 그의 메모리 칩 안에는 사건의 경위가 그대로 담겨 있었다. 사건 당시, 원래 운전사는 사망한 인간 여성이었다. 차량 뒤에 비활성화된 상태로 누워 있던 경비 로봇과 토러스는 동시에 해킹 공격을 받았다. 토러스는 공격을 성공적으로 방어하며 자신의 시스템을 보호한 반면, 경비 로봇은 해킹을 방어하지 못하고 외부로부터 조종되기 시작했다.

해킹된 경비 로봇은 운전석 의자를 세게 두드려 여성의 주의를 끌었다. 차가 멈추자 경비 로봇은 그녀를 향해 공격을 시작했다. 이때 토러스가 자신의 시스템을 안전하게 복구하고 상황을 파악했다. 피해를 입은 여성을 발견한 토러스는 즉시 경비 로봇을 제압하려 했다.

두 로봇 간의 격렬한 전투가 벌어졌다. 그 과정에서 토러스가 운전석의 장치를 실수로 건드려 자율주행 시스템이 손상되었지만 경비 로봇을 무력화하는 데는 성공했다. 토러스는 피해자를 뒷좌석에 안전하게 눕힌 뒤 직접 운전해 국경없는의사회의 기지에 도착할 수 있었다.

비록 일부 사람들에 의해 토러스는 사원 안에 갇혔지만, 늠름한 토러스가 불타는 차 안으로 들어가 시체를 안고 나온 광경을 본 남녀 의료진들은 모두 미묘한 감정을 느꼈다. 자신들은 살아있는 사람을 치료하기에도 급급한데 토러스는 죽어버린 육체도 소중히 생각하며 자신의 값비싼 몸이 타버리고 고장 나는 것도 신경 쓰지 않았다. 그게 이미 입력된 프로그램이든 토러스가 스스로 한 생각이든 그들이 보기에는 고귀한 행동이었다. 로봇이니 다른 천이나 용품들로 상처를 감싸도 되었지만 굳이 인간에게 하듯 붕대를 감싸준 간호사들에게 토러스는 인간 이상의 존재였다.

수호는 우두커니 서 있는 토러스를 말없이 바라보았다. 다시 재회한 것은 기뻤지만 토러스를 이 복잡하고 위험한 곳으로 부른 것은 결국 자신이었다. 자신 때문에 토러스가 이렇게 되었다고 생각하니 가슴이 저려왔다.

"토러스."

수호는 거의 들리지 않을 정도로 무거운 목소리로 속삭인 뒤 잠시 숨을 들이마셨다. 그리고 천천히 전원 스위치를 눌렀다. 내부 디스플레이에 '시스템 부팅 중'이라는 문구가 잠깐 반짝였다. 토러스의 눈에서 천천히 빛이 흘러나오기 시작했다.

"수호, 다시 만날 수 있어 기쁩니다."

토러스의 목소리는 전에 없이 따뜻했고 감정이 섬세하게 느껴졌다.

"설마 내가 널 죽이기라도 할 줄 알았어?"

수호가 짐짓 밝게 말했다.

"아뇨, 잠을 잔다고 생각했습니다. 전원이 꺼질 때는 늘 그렇게 생각합니다."

"내일 다른 곳으로 옮겨줄게. 여기는 비가 새서 비를 맞을지도 몰라."

위급한 상황에서 토러스의 저력을 보여줬음에도 아직 많은 이가 토러스를 신뢰하지 못하고 있었다. 그들은 괴물 로봇을 자신들이 거주하는 건물로 들이는 것을 무서워했다.

"내일까지는 계속 있어도 됩니다. 별빛이 저렇게 반짝이는 것을 보니 내일은 습도가 낮고 화창할 겁니다."

뚫려 있는 천장 사이로 밤하늘을 보며 토러스가 말했다. 그는 자신이 보고 들었던 정보를 이용해 내일 날씨를 예측했다. 본래 그는 위성망과 통신을 주고받으며 일기예보를 보고 뉴스 데이터를 받을 수 있었지만, 사고 이후로는 위성망이 끊겨버려 그럴 수가 없었다.

"그래, 토러스. 좋은 꿈 꿔."

그렇게 말하고 수호는 토러스를 비활성화했다. '좋은 꿈 꿔'라는 명령어는 토러스가 비상시에도 자동으로 활성화되지 못하게 하는 명령어였다. 즉 토러스는 화재나 지진 등 자신에게 위험한 일이 발생하면 스스로를 지키기 위해 자동으로 깨어날 수 있었다. 하지만 토러스를 위험한 존재로 인식하는 사람들 때문에 그는 완벽하게 비활성화되어야 했다.

수호는 자신의 선택이 토러스에게 불필요한 위험을 안겨준 것이 아닌가 하는 생각이 들었다. 분쟁 지역은 기술적인 모니터링이 어렵고, 해킹으로부터 안전하지 못한 환경이었다. 로봇이 해킹을 당해 큰일이 날 가능성을 충분히 예측할 수 있었음에도 결국 사고가 터졌다. 수호는 로봇의 활동을 실시간으로 감독하고 관리할 수 있는 보다 안전한 환경에서 프로젝트를 시작했어야 한다는 것을 깨달았다.

이 모든 걸 생각하니 수호는 가슴이 묵직해졌다. 그는 사전에 토러스의 프로그램 코드, 알고리듬, 하드웨어 스펙까지 세세하게 검토했으나 그럼에도 불구하고 그가 놓친 것은 '환경'이었다. 기술의 완성도만큼이나 중요한, 그러나 자주 간과되는 변수. 기술이 사회와 상호작용하는 무대 위에서는 결국 코드 한 줄, 하드웨어의 스펙이 아니라 물적, 인적 '환경'과 '관계'가 모든 것을 결정지었다.

*

사고가 보도된 이후, 어쩐 일인지 거의 0에 수렴하던 전 세계 AI의 범죄율 그래프가 조금씩 상승하기 시작했다. 그전에는 AI 범죄에 대해 사람들이 관심을 주지 않았지만 사고 이후로는 가장 큰 화두가 되었기 때문이었다. AI가 실험 중에 또는 실제로 인간에게 해를 입히거나 상해를 가하는 행위를 자세히 묘사한 언론 보도가 하나둘씩 등장했다. 많은 전문가가 그 원인을 조사하러 뛰어들었다. 하지만 '고장'의 원인은 대체로 '알 수 없음'으로 판명되었다. 누구든 예고 없이, 예방책도 없이 AI 범죄의 대상이 될 수 있었다. 이 현상은 마치 로봇에 악령이 빙의한 것 같다는 이유로 '고스트 글리치Ghost Glitch'라고 불리기 시작했다. 그 이후 아무도 로봇 의사 이슈에 적극적으로 나서지 않았고 토러스는 수호와 함께 일할 기회가 주어지지 않았다.

몇 달 뒤, 결국 토러스는 한국으로 돌아와 연구실의 한구석에 놓여졌다. 토러스는 먼지와 함께 상처받은 신념과 버려진 기술의 상징처럼 서 있었다. 수호의 강력한 어필 덕분에 그는 의료 자원이 부족한 분쟁 지역에서 목숨을 구하고, 팬데믹으로 힘들어하는 병원에서 부담을 덜어주는 역할을 해주리라는 기대를 받고 있었다. 그는 한때 인류의 영웅이었다. 토러스의 사진은 과학 잡지의 표지까지 장식했고, 뉴스에서도 높은 평가를 받았다. 그러나 이제 그는 먼지가 뒤덮인 연구실에서 사람들의 기억 속에서 점차 사라져갔다. 아무도 믿지 않는 그리고 더 이상 의미를 찾을 수 없는 값비싼 고물이 되었다.

하지만 수호의 아버지, 정도원 박사는 토러스를 포기하고 싶지 않았다. 도원은 토러스를 단지 금속과 플라스틱, 미세한 전자 회로로 이루어진 기계로 보지 않았다. 그는 토러스를 통해 대대로 전해온 의료 가문의 사명감 그리고 자신이 쏟은 청춘과 헌신을 보았다. 의료 인력들이 기피하는 외과나 소아과, 산부인과를 채울 미래의 토러스들을 보았다. 또한 토러스를 통해 수많은 사람이 얻을 수 있는 새로운 삶의 기회를 보았다.

도원은 토러스를 다시 활성화시키기 시작했다. 녹슨 부품을 교체하고 최신 소프트웨어로 업데이트하며 토러스의 '의식'에 다시 한번 생명을 불어넣었다. 그의 작업은 단순한 기계를 다루는 것 이상의 의미를 지니고 있었다. 그것은 도원 자신의 과거와 미래 그리고 가능성에 대한 믿음을 복원하는 작업이었다.

도원은 해킹된 로봇의 데이터 로그와 분쟁 지역에서의 활동 기록을 다시 한번 살펴보기로 했다. 이제는 무엇을 어떻게 해야 할지, 그가 만든 기술이 다시 사회에 수용되려면 어떤 전략을 세워야 할지도 고심했다.

하지만 전 세계의 뉴스 헤드라인은 한동안 변하지 않았다. "해킹당한 휴머노이드, 인간을 살해하다." 뉴스에서는 해킹당한 로봇을 막기 위해 토러스가 얼마나 희생했는지에 대해서는 별로 관심을 두지 않았다.

사람들의 두려움과 불신은 이미 깊이 뿌리를 뻗어 있었다. 도원은 이 일에 적극적으로 나서서 방어를 하려 했다. "로봇이 인간을 해치는 것은 프로그램의 오류나 해킹 때문이다. 기술 자체는 중립적이며, 그것을 어떻게 사용하느냐가 문제다"라고 강조했지만 그의 말은 겉돌았다. 사람들은 로봇, 특히 의료 로봇에 대한 믿음을 잃어버렸다. 그들에게 토러스는 불안의 상징, 불확실성의 메타포로 전락했다. 로봇 제조사 에로스의 주가는 폭락했고, 경영진은 점점 더 절박해졌다. 로봇의 소유권은 원래 제조사에 있었지만 재정적 위기에 처하자 제조사는 이를 포기하고 대신 고가의 로봇 부품을 시장에 판매하기로 결정했다. 이로 인해 한때 혁신의 상징이자 첨단기술의 보고였던 의료 로봇은 해체되어 각 부품이 전 세계로 팔려나갈 위기에 처했다.

그렇게 토러스의 해체 결정이 나던 날, 도원은 눈물을 흘릴 기운도 없었다. 여기저기 설득하러 다니느라 목은 쉬었고 과로한 몸은 말을 듣지 않았다. 모든 것을 잃어버리고 절망한 그를 일으켜 세운 것은 아내였다. 유진은 도원이 몰래 로사를 개발하고 있다는 사실을 알고 있었다.

"내가 모를 거라 생각했어? 당신에겐 아직 로사가 있잖아."

"그러면 수호가……."

"20년이나 지났잖아. 그동안 기술도 발전했고 수호도 컸어. 충분히 이겨낼 수 있을 거야. 그리고 로사는 당신에게 자식이나 마찬가지잖아. 잘 키워보자."

유진의 말에 도원은 싸움을 계속하기로 결정했다.

그러던 어느 날 밤이었다. 잔뜩 찌푸린 하늘 아래 정도원 부부의 표정은 어둡고 무거웠다. 두 사람은 지방의 연구실로 향하는 차 안에서 새로운 로봇 의사를 세상에 소개할 계획을 논의했다. 발표할 때까지 이 사실은 극비로 유지할 예정이었다. 이 모델이 의료 현장에서 성공한다면 의료 로봇 기술에 대한 일반적인 두려움을 덜어줄 기회가 될 것이었다. 그러나 그 계획은 교통사고라는 비극적인 사건으로 흐려져버렸다.

뉴스 기사는 도원과 유진의 죽음을 소개하는 데 많은 단어를 쓰지 않았다. "로봇 의사 개발자 정도원 박사 부부, 교통사고로 사망". 이 한 줄이 전부였다. 그들의 공로 그리고 세대를 잇는 의료 로봇 개발의 역사와 비전은 언급조차 되지 않았다. 사회는 그들의 죽음을 간단히 여겨 넘겼고, 로봇 의사 이슈는 점점 사라져갔다.

그토록 귀중하게 만들어졌던 토러스는 결국 분해되어 팔려나갔다. 죽은 인간의 몸을 소중히 여겨 불타는 자동차에 뛰어든 위풍당당하면서도 따스했던 토러스의 모습을 다시 볼 수 없다는 사실은 수호를 좌절하게 했다.

여러 차례 계속된 비극에 충격을 받은 수호는 그 후로 열심히 일에만 집중했다. 끝없이 펼쳐진 중동과 아프리카의 불길한 사막과 가혹한 산맥을 넘나들며, 태양이 가장 무자비하게 불타오르는 지역에서 의료 봉사의 무게를 견뎠다. 매일이 죽음과 삶, 승리와 패배가 교차하는 최전선이었다. 그것이 그의 전부였으며 평생을 그런 무대에서 보낼 것이라고 확신했다. 하지만 운명은 그에게 다른 선택지를 펼쳐놓았다.

*

전쟁으로 폐허가 된 담당 지역에 수호 앞으로 소포가 하나 도착했다. 소포 안에는 세제가 담겨 있었다. 기부 용품이 수호의 이름 앞으로 온 것은 특이한 일이었다. 다만 세제를 꽁꽁 싼 신문지가 눈길을 끌었다. "로봇 의사 개발자 정도원 박사 부부가 교통사고로 사망, 토러스를 시작으로 마지막 로봇 의사, 로사도 분해 결정"이라는 냉정한 뉴스 헤드라인이 보였다.

그 순간, 수호의 심장은 얼어붙었다. '로사'라는 낯익은 이름이 무감한 그를 뒤흔들어놓았다.

'로사가 아직 존재한다고? 폐기된 게 아니라 로봇 의사로 만들어졌다고?'

만약 로사마저 분해되어 사라진다면 아버지의 삶이 부정되고 수호 자신의 정체성마저 상실될 것 같은 위기의식을 느꼈다.

수호의 내면에는 언제나 고국 그리고 그의 가문이 만든 로봇들에 대한 끊임없는 그리움이 존재했다. 그의 아버지와 할아버지가 정성 들인 이 기술은 단순한 기계 이상의 의미를 가졌다. 그는 아버지가 만든 로봇 의사가 언젠가는 세상을 활보할 것이라고 믿었다. 그래서 로사가 사라질 수 있다는 사실은 큰 충격이었고, 그 충격은 인생의 방향을 완전히 바꿔놓는 결과로 이어졌다. 그는 의료 봉사의 전선에서 떠나 귀국을 결정했다.

수호의 마음은 비행기표를 끊는 순간부터 수많은 감정과 생각으로 복잡했다. 항공기가 고도를 높여 구름을 뚫고 나가는 동안 그의 머릿속에는 그가 보낸 지난 5년과 그 이전의 세월 그리고 앞으로의 불확실한 미래가 떠다녔다.

비행기 바퀴가 고국의 땅에 닿을 때 수호는 다짐했다. 아버지가 남긴 마지막 로봇, 로사를 구하고 그 능력을 전 세계에 다시 한번 증명해 보일 것이라고.

가장 무모한 도전

G의료센터의 복도는 보통 사람들에게 거대한 미로와 같았다. 이곳은 로봇연구센터와 수천 개의 병실을 겸비한 최첨단 의료센터다. 복도의 벽에는 투명한 스크린들이 달려 있었고, 그 위에는 다양한 의료 데이터와 연구 결과가 실시간으로 업데이트되고 있었다.

수호는 뛰다시피 걸었다. 어렸을 때부터 이곳의 구조를 잘 알고 있었기에 복잡한 복도와 엘리베이터, 보안 문을 빠르게 지나 부원장실로 향했다. 부원장실은 병원의 최상층, 30층에 위치해 있었다. 그곳은 병원의 심장부라고 할 수 있는, 중요한 의사 결정이 이루어지는 곳이었다.

부원장실 앞에는 비서들이 앉아 있었다. 그들은 수호를 보고 자리에서 일어났지만 수호는 그들에게 눈길도 주지 않고 부원장실 문을 노크 없이 활짝 열고 들어갔다.

수호의 눈은 빠르게 방 안을 훑다가 이윽고 부원장의 뒷모습을 발견했다. 부원장은 창문 앞에 서서 밖을 내다보고 있었다.

"로사를 판다고요?"

수호가 숨을 헐떡이며 물었다.

부원장은 천천히 수호를 향해 돌아섰다. 그녀의 얼굴은 무표정했지만 눈에는 미세한 감정의 빛이 스쳤다.

"잘 있었니?"

수호의 성급함을 나무라는 듯한 그녀의 말투에 수호는 잠시 멈칫했다.

"네, 그런데 로사 얘기는 뭡니까?"

"일단 앉지. 얘기가 길어질 것 같으니."

부원장은 손을 흔들어 가죽으로 뒤덮인 의자를 가리켰다. 수호는 부원장 앞의 의자로 다가가 앉았다. 그는 숨을 들이마시고 자리에 앉아 잠시 눈을 감았다가 떴다. 차분함이 돌아온 그의 얼굴은 잘 조각된 모습으로, 고요한 표정 아래에 숨겨진 단단한 결심이 엿보였다.

비서가 음료 주문을 받았다. 그동안 수호는 부원장실을 둘러보았다. 로봇 수술 연구의 성공 사례로 받은 상패와 스크린에 올라오는 로봇 수술 광고들이 그의 눈에 들어왔다. 아버지가 연구했던 내용들이 보여서 수호는 잠시 그리운 눈으로 스크린을 훑었다.

중입자 치료로 암을 정복! 단 10분간의 시술로 새로운 삶을!

첫 번째 광고에는 중입자 빔이 암세포를 정밀하게 제거하는 과정이 고스란히 담겨 있었다. 과거에는 매우 거대한 중입자 빔을 동작시키기 위해 엄청난 시설을 투자해야 했지만, 이제는 중입자 빔의 헤드 크기가 상당히 소형화되었고 이들을 정교하게 조종할 수 있는 로봇 팔 역시 작은 크기로 방사능 피해까지 줄일 수 있게 되었다. 암 치료에 로봇을 쓰는 것은 아주 일상적인 일이 되고 있었다.

최첨단 로봇 기술로 심장 수술의 위험을 최소화! 더 빠르고 안전하게!

두 번째 광고는 심장 수술에 초점을 맞추고 있었다. 마치 작은 지렁이처럼 생겼지만 정교한 메쉬* 껍질에 최첨단 항응고 및 혈관성장인자 저해 단백질로 코팅된 튜브 형태의 피부를 가진 로봇을 이용한 수술이었다. 이 로봇은 엄지손가락 근처 요골동맥에 삽입되어 심장을 둘러싼 관상동맥까지 마치 잠수함이 강줄기를 흘러 올라가듯 이동한 뒤에, 막혀 있는 혈전을 지렁이의 입처럼 생긴 작은 드릴로 뚫는다. 자신의 몸을 이동시키고 회전하여 관상동맥의 혈류 흐름을 확보한 뒤에 마치 지렁이가 허물을 벗는 것과 같이, 최첨단 스텐트**를 고정시키고 다시 진입했던 요골동맥으로 빠져나오는 과정이 묘사되어 있었다.

* 원통형 그물처럼 생긴 금속 임플란트.

** 막힌 혈관을 뚫는 데 이용하는 의료기기.

세 번째 광고는 뇌 수술에 대한 것이었다. “인공지능과 로봇기술로 뇌수술의 정확도를 높이세요. G의료센터에서 가능합니다” 라는 문구가 돋보였다. 일론 머스크가 뉴럴링크 임플란트*를 개발한 이후, 뇌 수술 현장에 로봇을 동원하는 것은 그리 이상한 상황이 아니었다. 특히나 인간의 뇌처럼 초정밀 수술이 필요한 경우, 로봇은 복잡한 상황을 실시간으로 파악해서 거대한 뇌의 특정 부위를 확실히 진단하고 판단할 수 있도록 도와준다. 이런 점에서 신경외과 수술실에 로봇의 도입이 빠르게 늘고 있었다. 이에 더해 정밀하게 수술을 진행하는 모습이 실시간으로 환자의 가족들에게 중계가 되기도 했다.

유리잔에 담은 아이스 아메리카노가 자신의 앞에 놓이자 수호는 그리운 생각을 잊으려는 듯 단숨에 마셨다. 부원장은 그런 수호를 찬찬히 바라보았다. 수호는 잔을 내려놓고 자신을 바라보는 부원장에게 시선을 돌렸다. 철저한 집중력을 자랑하는 크고 깊은 갈색 눈이 똑바로 부원장의 눈을 응시했다. 수호는 험난한 분쟁 지역에서 오래 일한 탓에 무슨 일이든 긴장하는 습관이 아직 남아서 양손을 무릎에 대고 허리를 똑바로 편 자세로 일관했다. 지병을 이기고 자라나 평균 키를 훌쩍 넘은 수호의 외모는 아름다움과 강인함을 동시에 발산했고, 사람들로 하여금 자연스럽게 그를 돌아보게 만들었다.

* 외부 연결이 가능한, 뇌에 이식할 수 있는 칩.

"네가 의사가 되다니 놀랐어. 어렸을 때부터 넌 운동선수나 군인이 될 줄 알았는데. 유진이가 봤으면 좋아했을 거야."

부원장은 수호 어머니와 동료 사이였다. 표정을 보아 칭찬은 아니고 걱정에 가까운 말인 듯했다.

"병원이 전쟁터보다 더하다는 것을 알고 난 뒤에는 의사야말로 제 천직이라는 것을 깨달았습니다."

수호의 정중한 말투 속에는 반항심이 가시처럼 돋아 있었다. 수호가 어린 시절의 고향 같은 이곳에서 일하고자 하는 것은 이해했지만 곧 진실을 깨달을 것이라고 부원장은 생각했다. 부모의 사고사 이후 이 의료센터는 더 이상 수호의 보금자리가 될 수 없었다. 조부모와 부모의 후광을 뺏긴 수호에게 가문의 영광이란 옛이야기일 뿐이었다. 부원장은 숨을 들이마셨다.

"수호, 알다시피 네 아버지가 만든 휴머노이드들은 너무 시대를 앞서갔지. 현장에서는 아직도 로봇 기구로 수술하거나 로봇이 내린 진단을 받아들이는 것조차도 꺼려 하는 의사들이 많거든."

오랜 세월 동안 사내 정치에 많은 시간을 보낸 부원장이었다. 어디까지 말하고 어디까지 숨겨야 하는지에 능숙했다. 하고 싶은 말들을 조심스레 숨기고 부원장은 말을 이어갔다.

"그래서 너도 알겠지만 너의 아버지가 개발한 그 로봇 의사들은 센터의 경제적 어려움 때문에 기업에 팔렸어."

부원장은 안타깝다는 듯 고개를 저었다. 그녀가 천천히 하는 말을 수호는 최대한 인내심 있게 들었다.

"기업들은 그걸 토양으로 삼아 새로운 특허를 확보하거나 연구 개발에 활용하고 있어. 저기 보이는 광고의 로봇들도 사실 네 아버지의 로봇 기술을 활용해서 제작된 것들이라고 해도 과언이 아니지. 기술 전체를 쓰기보다 병원과 의사, 환자 들이 받아들일 수 있는 수준에서 타협하고, 특정한 질병이나 수술에 활용할 수 있도록 최적화를 한 결과 저렇게 큰 성공들을 할 수 있었어. 이젠 로사만이 우리에게 남았지."

수호는 묵묵히 고개를 끄덕였지만 가슴 한쪽이 아려왔다. 아버지의 연구가 이렇게 물거품이 될 줄이야. 아버지가 공을 들여 제작한 로봇 의사들이 갈기갈기 분해되어 팔려나간 것이나 마찬가지였다.

부원장은 책상 위에 쌓인 파일들 사이에서 로사의 파일을 찾아냈다. 그녀는 파일을 열어 데이터를 확인했다.

"결론만 말하자면, 로사는 쓸모없는 로봇이야. 로사의 프로그램 자유도는 너무 높아서, 새롭게 발견되는 이머전트 AI* 문제점을 수반하도록 설계되어 있어. 즉, 예기치 않은 상황이 발생할 수 있다는 걸 의미해. 우리로서는 도저히 감당이 안 돼."

"그렇다면 어떻게 해야 하는 건가요? 해결 방법은 없나요?"

수호의 시선은 곧게 부원장을 향했다.

정도원 박사의 로봇에는 나노 로봇 기술부터 인공지능, 생체

* 예상치 못한 행동이나 패턴이 나타나는 인공지능 시스템.

신호 분석까지 혁신적인 기술이 담겨 있었다. 사람들은 정도원 박사가 세계 최고의 기업들이 하지 못한 일을 해냈다는 것을 믿지 않았다. 소규모의 자본으로 수십 년간 노력한 끝에 훌륭한 로봇을 탄생시킨 정도원 박사와 연구 팀의 업적은 마법과도 같은 불가능한 일로 취급당했다. 사회의 불신과 의료센터의 경제적 불황으로 결국 로봇들이 상용화되지 않고 해외 기업에 팔리자 대부분의 사람들이 정도원 박사를 거짓말쟁이에 사기꾼으로 여겼다. 비록 헐값에 팔려나갔지만 정도원 박사가 개발한 로봇들의 뛰어난 기술은 일정 수준 다운그레이드되어 거대 기업들의 제품에 들어가게 되었고, 전 세계의 수많은 인명을 구하고 있었다. 물론 그런 상황을 잘 이해하는 사람은 없었다. 인수한 기업들이 자신들의 기술로 포장해서 광고를 하고 있었고, 의료센터에서 기술의 진가를 제대로 이해하지 못한 탓도 있었지만 가장 큰 이유는 재정 상황 때문에 그들이 '인수와 관련한 구체적인 내용을 일반에 알릴 수 없다'는 조건에 동의를 했기 때문이었다. 대다수의 사람들에게 정도원 박사는 이루어질 수 없는 꿈을 꾼 이상주의자로만 비춰졌다.

그런 상황에서 비록 초기 버전이지만, 지금이라도 로사를 활용하여 아버지의 AI 기술을 기반으로 한 의료 로봇의 정수와 기술 철학을 증명해야만 했다. 아버지의 연구는 분명히 의학 현장을 바꿀 것이라고 수호는 생각했다.

부원장은 한숨을 쉬며 말했다.

"방법이 하나 있긴 해. 단, 로사를 감시하는 인간 의사가 필요하다는 조건이야. 그런데……."

"제가 할게요."

수호는 곧장 부원장의 말을 끊었다. 수호의 눈에는 결심이 빛났다. 부원장은 눈을 끔벅였다.

"수호야, 이 규제는 너에게 함정이 될 수 있어. 1년이라는 실험 기간 동안 로사 때문에 피해가 생기면 담당인 네 의사 면허가 중지될 거고…… 그걸 바라는 사람이 많은 건 알지?"

아버지의 그림자가 고스란히 자신에게 옮겨졌다는 사실을 수호 역시 알고 있었다.

"괜찮아요. 그냥 로사가 어디 있는지만 말해주세요. 데려오겠습니다."

수호의 의지는 확고했다.

"난 항상 네 아버지에게 말했어. 의료 로봇에게는 팔과 눈이면 충분하다고. 로봇은 수술실이나 진단실에 고정되어 있는 게 어울리고, 독자적인 판단을 맡기면 안 된다고. 그 생각은 아직도 변함없어. 아니, 사실 그게 제일 안전하다고 생각해. 너도 다시 한 번 생각해보지 않겠니?"

부원장은 잠시 묵묵히 수호를 바라봤다.

수호의 침묵이 그의 결심을 반영했다. 그의 눈에 비치는 것은 의지를 넘어서서 하나의 형태를 갖추고 있었다. 유진이 연상되는 눈빛이었다. 부원장이 아는 사람 중에서 가장 놀라운 사람이

자 존경하는 사람이었다.

'유진의 아들도 유진처럼 나를 놀라게 할 수 있을까?'

그럴리는 없을 것이다. 유진 같은 사람은 흔하지 않았다. 무엇보다 지금은 그때와 상황이 많이 다르다. 수호와 손을 잡는다면 수호의 아군에게 부여된 의료센터의 경영권이 위태해질 수 있었다. 부원장 자신까지도. 평생 오점 하나 안 남기고 안전한 길만 살아왔던 그녀의 이름에 말도 안 되는 불명예들이 올라앉을 수 있었다. 하지만 그녀는 어떻게든 살아남을 것이다. 로봇들과 관련된 그 많던 기술이 다 팔려나가고 수호의 아버지와 어머니가 죽었어도 그녀는 멀쩡히 병원에 남았으니까. 수호가 잘못된다고 해서 큰일은 없었다. 유진을 닮은 수호의 영리하고도 순수해 보이는 눈빛을 보며 부원장은 시니컬한 미소를 삼켰다. 그녀는 주소가 적힌 명함 하나를 수호에게 건넸다.

"로사가 정말 여기에 있다고요?"

부원장이 건네준 명함을 보며 수호는 기가 막혔다.

"그 전에 로사가 네 소유라는 것을 증명해야 할 거야. 네 아버지가 로사를 대리인에게 맡긴 데다가 또, 로사의 자유 결정권이 있기도 하고. 해당 관청에 신고도 해야 돼. 요즘 고스트 글리치 때문에 로봇 소유권이 좀 복잡해졌거든."

로봇의 공격성 이슈 때문에 로봇 소유가 총기 소유보다 훨씬 더 복잡해진 시대였다.

*

든든했던 부모와 조부가 없는 한국은 완전히 새로운 곳이었다. 고향이 고향 같지 않았다. 그런 곳에서 수호는 아버지가 이뤘다가 실패한 것을 자신의 힘으로 다시 일으키기로 결심했다. 그렇다고 해서 아버지의 세상을 그대로 복원하겠다는 뜻은 아니었다. 도원과 수호는 매우 다른 인물이었다. 정도원 박사는 인성도 좋고 모두에게 존경받는 사람이었다. 하지만 '그 아비에 그 아들'이라는 말은 결코 수호에게 어울리는 이야기가 아니었다. 조용하고 차분한 부모를 둔 수호의 어린 시절은 부모의 평온함을 닮지 않은 완전히 다른 방향으로 흘러갔다. 수호는 태어나 발걸음을 뗀 지 얼마 되지 않았을 때부터 모험에 이끌렸다.

그의 눈은 집 안에 구석구석 숨겨진 곳, 심지어 때로는 자신에게 알려진 세계 너머까지 탐험하길 원했다. 위험은 불가피하게 그의 발걸음을 따라갔지만 다행히도 이로 인해 발생한 부상과 눈물은 의사인 어머니에 의해 빠르게 치료되었다. 가정의 모든 가구는 그에게 도전의 무대였고, 삼층집은 그의 상상력을 자극하는 새로운 모험의 세계였다.

수호가 하루하루 성장하며 경험의 범위 역시 확장되었다. 조부모의 소유인 G의료센터는 수호에게 새로운 모험의 지평을 열어주었다. 복잡한 복도, 무수한 방들 그리고 그 안에서 일어나는 수많은 이야기. 병원의 환자들은 그에게 인간 세계의 다양한 이야기를 제공했고, 그들이 들려주는 이야기는 매번 흥미진진했다.

그의 탐구 욕구는 병원 내의 모든 곳을 휩쓸었다. 달려오는 응급대원, 의사들의 진지한 표정, 미소를 짓지만 급하게 움직이는 간호사들 그리고 도움이 필요한 환자들. 그중 그의 호기심을 가장 자극했던 것은 팔다리가 달린 의료 로봇들이었다. 의료 로봇은 그에게 미지의 세계로서 대단히 흥미롭게 느껴졌다. 그는 그것이 무엇인지, 어떻게 작동해서 사람을 수술하는지, 왜 절대 어린아이는 손을 대면 안 되는지 알고 싶었다.

수호는 크리스마스가 되면 아버지가 만든 정교한 로봇 장난감을 받으면서도 만족스럽지 못했다. 그러다 아홉 살 때 아버지가 로봇 의사 로사의 프로토타입 보드를 보여줬을 때 수호는 인정해야 했다. 정도원 박사는 정말 멋진 아버지였다. 하지만 수호는 '그 아비에 그 아들'이 되지는 못했다.

부모가 사고사로 죽고 나서 의료센터의 경영권마저 뺏겼다.

게다가 장차 페이 닥터이자 로사의 책임자로서 로사가 저지른 실수의 희생양이 되고 나면 의사면허증도 지키기 어려울 수 있었다. 하지만 그는 의사로서 꼭 이 모험을 해야 했다. 의사가 모험을 하다니 이상할 수 있겠지만 수호는 인생을 모험으로 만드는 것에 특화된 사람이었다. 어렸을 때부터 그의 모험에 대한 의지는 멈추지 않았다. 그의 세상은 끊임없이 확장되었고, 그의 탐구적인 욕구는 익숙한 세계를 넘어서 다양한 실험을 하게 만들었다. 물론 이 모든 것이 그를 위험에 빠뜨릴 가능성도 있었다.

하지만 그는 불확실한 미래를 향해 전진하고 그의 내면에서 울려 퍼지는 모험의 부름을 따라가기로 결심했다.

혈혈단신으로 북한에서 내려와 최고의 병원을 만든 그의 할아버지, 최초의 의사였던 증조할머니, 최첨단 로봇 공학자였던 아버지처럼 수호의 핏줄에는 최초의 탐험가로서 뜨거운 피가 흘렀다.

미래를 위한 의료 기술의 선두 주자로서 AI 기술을 더욱 효과적으로 적용하여 끊임없는 도전과 시행착오를 경험하고 싶었다. 새로운 AI 진단 기술을 개발하고 적용함으로써 환자들의 치료와 생명의 가치를 향상하는 꿈. 의료 윤리와 기술의 한계를 끊임없이 고민하며 이를 극복하는 의사. 이렇듯 꿈을 현실로 만드는 도전은 스스로가 느끼기에도 언제나 무모했다. 아무도, 자신조차도 할 수 없을 것만 같은 느낌. 수호가 제일 좋아하는 느낌이었다.

새로운 동맹

수호는 덜컹거리는 차 안에서 잠시 이 기묘한 인연에 대해 생각해보았다. 한때 자신을 가장 괴롭혔지만 결국 용서하고 함께 일하게 된 사람. 어제의 적이 내일의 동료가 된다는 게 이런 경우를 두고 하는 말이었나.

"나는 차 댈 곳을 찾아볼 테니까 너 먼저 들어가서 로사랑 얘기하고 있어."

민유의 말에 수호는 로봇 이동용 차량 문을 열고 내렸다. 주차장도 없는 곳이라니. 수호는 스마트폰으로 목적지의 위치를 확인하며 걸었다.

수호는 아주 중요한 만남을 앞두고 있었다. 부모님이 왜 폐기처리 수순에 들어가던 로사를 다시 살려냈는지는 수호도 알 수 없었다. 하지만 우연히 연락된 로봇 공학자 민유의 도움으로 수호는 로사의 소유권을 다시 찾아올 수 있었다. 민유는 로봇공학과 관련된 연구 논문으로 국내외 유명 인사가 되어 있었다. 갖은 논문 발표로 익히 민유의 존재를 알고 있었던 수호에게, 이제는 그를 멀리할 이유가 없어졌다.

민유는 학대 가정에서 독립한 뒤 입양되었다. 좋은 가정에서 사랑을 듬뿍받고 자랐는지 전혀 다른 사람이 된 것 같았다. 배려도 잘하고 특히 수호에게 친절했다. 누구라도 꿈꾸는, 부자연스러울 정도로 완벽한 친구의 모습이었다. 너무 비현실적인 나머지 수호는 마치 영화 〈트루먼 쇼〉의 주인공이 된 것 같았다.

높디높은 아파트로 이루어진 철옹성 옆으로 붐비는 상가 거리가 있었고 그 옆에는 전혀 어울리지 않게 전통시장이 자리하고 있었다. 사과며 배, 각종 과일과 채소를 바닥에 늘어놓고 파는 가게와 떡집, 김치와 말린 해산물 냄새로 가득한 점포를 지나 어느 골목으로 들어서니 건물 하나가 보였다. 이 건물 2층에 로사가 있다는데 간판도 잘 보이지 않아서 여러 번 두리번거려야 했다. 수호는 엘리베이터도 없는 허름한 5층 건물 안으로 들어가 계단을 올랐다.

문을 여니 노인들이 로비에 가득했다. 안마기 돌아가는 소리, 혈압기 소리, 기침하는 소리가 들려왔다.

"접수하실 건가요?"

로비의 카운터에서 허름한 옷을 입고 있는 할아버지가 수호에게 물었다. 그의 목소리는 로비에 앉아 있는 다른 노인들과 다를 바 없이 느릿느릿했다.

"로사를 찾아왔습니다."

수호가 답했다.

"로사요? 아, 침술실에 있어요. 휴식 시간에 불러드릴게요. 한 시간 정도만 기다리세요."

'로사가 침술을 한다고?'

수호는 고개를 갸웃하며 불편한 기색을 감추지 못했다.

그때, 침술실에서 누군가가 크게 소리를 질렀다. 카운터의 할아버지가 다른 고객에게 주목하는 사이, 수호는 몰래 침술실로 향했다.

"로사는 여기 없어요. 저기로 가보세요."

지나가던 어느 조무사가 한쪽 문을 가리켰다.

그런데, 수호가 들어간 침술실은 사람을 위한 곳이 아니었다. 개들이 짖는 소리며 새가 푸드덕거리는 소리가 들렸다. 마치 동물원 같았다.

커튼이 걷혀 있었기 때문에 로사를 쉽게 찾을 수 있었다. 로사는 반려동물들에게 침을 놓고 있었다. 로사는 최근 비약적으로 발전한 시각 카메라 센서 기술을 이용해 동물들을 바라보는 것만으로 혈압과 신체 상태를 상당 부분 파악할 수 있었다. 인간 침술사가 어느 위치를 가리키면, 로사는 체온의 변화와 혈관의 움직임 그리고 땀과 털의 반응과 같은 자율신경계의 반응까지 감안하여 동양의학적 침술의 기의 흐름에 대한 데이터를 이용해 정확하게 침을 놓고 있었다.

침술센터의 벽에는 로사가 침을 놓고 있는 사진이 포스터로 걸려 있었다. "정도원 박사의 세계적인 로봇 기술로 반려동물의 스트레스와 건강을 지키세요!"라는 문구와 함께. 디자인이 조잡한 포스터였다.

"로사!"

수호가 부르자 로사는 잠시 동작을 멈추고 고개를 돌렸다.

"수호! 물러나세요. 뱀에게 마취를 안 했거든요."

로사의 목소리가 공기 중에 울렸다. 뱀은 이빨을 드러내며 위협적인 소리를 냈다.

'침술센터에서는 마취비를 아끼려고 로사를 쓰는 거겠지.'

수호는 얼굴을 찡그렸다.

그 순간, 뱀이 로사를 물었다. 로사의 팔을 뚫고 들어간 뱀의 독은 빠르게 센서를 통해 내부 회로로 전달되었다.

경고: 미확인 물질 감지. 시스템 오류 발생.

로사의 얼굴 근처에 홀로그램으로 빨갛게 경고 메시지가 떴다.

"로사!"

수호가 놀라 외쳤다. 그는 로사의 팔을 잡으려 했지만 이미 늦었다. 로사의 표정은 점점 흐려져 갔고, 마침내 완전히 무표정이 되었다.

"로사, 괜찮아?"

수호는 로사의 팔을 잡아당겨 상태를 확인했다. 그녀의 눈은 더 이상 빛나지 않았다. 작동이 완전히 멈췄다. 그러자 다른 침술사가 로사와 교대했다.

"걱정하지 마세요. 자주 있는 일이에요. 잠시 가만히 있으면 곧 다시 정상으로 돌아옵니다."

침술사가 천천히 말했다. 수호는 못 들은 척, 로사를 부축하면서 스마트폰으로 민유에게 연락했다.

"로사한테 문제가 생겼어."

"괜찮다고요. 로사는 로봇인데 뱀한테 좀 물렸다고 뭔 일 있겠어요?"

"로사는 단순한 로봇이 아닙니다."

수호가 스마트폰을 내리고 단호한 표정으로 말했다.

"로사가 천문학적으로 비싼 거 압니다. 지나가다가 흠집이라도 낼까 봐 정말로 조심한다고요."

침술사가 한숨을 쉬었다.

"흠집을 낸다고요?"

수호의 눈빛이 서늘해졌다.

"아니, 그렇다고 로사를 무슨 밥솥이나 냉장고 취급을 한다는 게 아니라……. 이렇게 비싼 밥솥이 어딨어요?"

침술사는 비꼬는 표정으로 말했다. 그러자 수호가 낮은 목소리로 대꾸했다.

"차라리 흠집을 내시지 그랬습니까?"

"네?"

"당신이 그런 비꼬는 태도로 로사를 대하면, 그것이 로사의 섬세한 알고리듬에 영향을 미쳐서 장차 막대한 비용이 듭니다."

이번엔 수호가 한 말이 아니었다. 어느새 다가온 민유가 수호 옆에 우뚝 섰다.

"로사의 작동 원리는 환자와 의사 사이의 신뢰를 높이기 위한 고도의 알고리듬에 기반합니다. 로사는 당신의 표정, 몸짓, 심지어는 음성까지 분석해서 그 데이터를 자신의 의료 활동에 적용합니다. 당신의 부정적인 태도가 그 데이터 알고리듬에 반영되면 데이터 오염이 생길 수 있고, 그저 단순한 흠집과는 다르게 로사의 전체 시스템에 치명적인 오류를 유발해서 잘못된 진단을 내리거나 수술 중에 오류를 범할 가능성이 생깁니다. 그러면 그것은 단순히 로사의 문제가 아니라 로사를 그렇게 대한 당신이 원인이 되는 거예요."

"아니, 말 몇 마디 잘못했다고 제가 로봇을 고장 내고 사람도 다치게 한다는 겁니까? 과장이 심한 거 아니에요?"

침술사는 기어드는 소리로 말했다.

"인간 의사들에게 스트레스를 주면 의료 사고가 나는 것과 같은 원리죠."

수호가 말했다.

"그럼 로봇을 사람처럼 대해야 한다는 거예요? 기가 막혀서."

"비슷합니다. 안전장치를 하지 않고 뱀을 치료하게 한 것은 당신이 확실히 잘못했죠. 인간에게 위험한 것이 로봇에게 안전하다는 일반화는 로사 같은 고기능 로봇에게는 통하지 않아요."

"글쎄요. 저도 잘못했지만…… 한 가지 확실한 건 로봇 의사를 사람처럼 대우해주는 병원은 없을 거라는 거예요."

침술사는 곤란해했다.

"맞는 말씀이네요. 제가 잘못 생각했어요."

수호는 그의 말에 가볍게 대답하고 로사를 안아 들었다. 침술사는 이상한 사람을 보았다는 듯 로사를 안고 나가는 수호의 뒷모습을 보았다. 민유도 수호의 뒤를 따라갔다. 수호가 로사를 떨어뜨릴 일은 없겠지만 혹시나 해서 민유는 매의 눈으로 수호의 뒷모습을 좇았다.

수호는 로사를 안고 카운터로 돌아갔다. 뭔가 크게 깨달은 표정이었다. 침술사의 말대로 그녀를 다른 인간 의사와 공평하게 대우해줄 곳은 없었다. 로사를 절대 혼자 내버려두면 안 됐다. 항상 자신의 옆자리에 안전하게 두어야 했다.

"내려주세요."

어느새 깨어난 로사가 말했다. 수호는 로사를 조심스럽게 내려놓았다.

"너는 이런 곳에 쓰이라고 만들어진 게 아니야."

수호가 매무새를 다듬는 로사를 보며 말했다.

"저는 쓰임이 다양합니다."

로사는 잠시 고민한 뒤 대답했다.

"한의학은 인간의 몸을 통째로 바라보는 학문입니다. 병이 발생하기 이전부터 인간을 관찰하고, 그로부터 질병을 예방하는 접근법을 가지고 있습니다."

"너를 만들 때."

수호는 살짝 목소리를 높였다.

"아버지는 네가 한의원이 아니라 G의료센터에서 환자들에게 도움을 주길 기대했어. 내가 그 옆에서 지킬 수 있게."

수호는 문득, 아버지가 이런 그림을 아주 오래전부터 그리고 있었을지도 모른다는 생각이 들었다. 하지만 로사는 잠시 고개를 갸우뚱했다. 그녀의 얼굴은 감정을 드러내지 않았지만, 수호는 그녀의 표정에서 의문과 혼란이 스며 나오는 것을 알 수 있었다.

"저는 침술이라는 형태로 의료 서비스를 제공하고 있습니다."

"그건 맞아."

수호는 고개를 끄덕였다.

"하지만 너는 더 많은 기술과 방법으로 인간에게 도움이 될 수 있어. 그리고 그 능력을 제대로 발휘해야……."

수호는 차마 "너를 분해하지 않아도 될 이유를 만들 수 있어"라는 말을 하지 못했다.

"그래도……."

로사가 천천히 말했다.

"법적 제한으로 인해 저는 인간에게 직접적인 의료 서비스를 제공할 수 없습니다."

"방법이 있어."

"어떤 방법입니까?"

"내 어시스턴트 의사가 되면 돼."

수호는 부탁하는 눈빛으로 로사를 보았다. 수호가 로사에게 직접적으로 명령하지 못하는 이유는 아버지가 로사에게 어느 정도의 결정권을 부여했기 때문이었다. 로봇이 자신의 작업 방식을 결정할 수 있게 하는 것이다. 로사를 설득해야 했다.

로봇의 최소 결정권은 로봇이 자신의 효율성, 안전성 그리고 목표 달성에 있어 최선의 결정을 내릴 수 있도록 도움을 준다. 이러한 방식은 이미 최고의 성능을 보여줄 수 있다는 장점 덕분에 보안과 리스크 관리 프로토콜이 적용된 수많은 로봇과 AI 시스템에서 사용되고 있었다. 초창기만 하더라도 반대하는 사람들이 많았지만, AI와 로봇이 인류를 위해 줄 수 있는 이득이 일부 리스크에 비해 훨씬 크다는 것이 과학적 계산에 의해 밝혀지면서 이중 삼중의 리스크 관리 프로토콜을 제대로 따른다는 전제하에 사용이 허용되었다.

"네가 훈련한 그 모든 일들, 인간을 상대로 펼칠 수 있는 거야. 나와 함께."

"동물들을 위해 의료 활동을 하는 것도 나쁘다고는 할 수 없습니다."

"의료센터는 여기보다 훨씬 넓고, 환하고, 곧바로 네 부품을 정비할 수 있는 연구동도 따로 있어. 근무 환경이 훨씬 좋아."

수호는 열심히 설명했다.

“제게는 이곳도 충분합니다.”

“아, 그럼…….”

수호는 말을 멈추고 잠시 생각했다. 처음부터 로사가 곧바로 자신을 따라올 것이라고는 생각하지 않았지만 조금 힘들었다. 식은땀이 흘렀다.

“그럼 로사, 너를 데려가려면 내가 어떻게 설득하면 되겠니?”

수호는 배턴을 그녀에게 넘겼다. 어렸을 때부터 인공지능을 갖고 놀던 수호였다. 그는 본능적으로 태세 전환을 했다.

“당신이 저를 설득할 가능성이 높지는 않습니다. 하지만 보통 이렇게 팀을 모으려고 설득할 때는 여러 가지 방법이 쓰입니다. 공통의 목표나 적, 개인적인 감정의 공유, 무언가를 제공, 상황 개선, 친분이나 과거의 유대, 리더의 카리스마 등이 설득 방법이 됩니다.”

“좋아. 친분? 그거 좋네. 내가 정도원 박사 아들인 건 알지? 우리 예전에 만났었잖아. 내가 아홉 살 때, 열두 살 때 그리고 열다섯 살 때도 한 번.”

수호는 손바닥으로 자신의 어깨 정도를 가리키며 자신이 소년이었을 때를 떠올렸다. 수호의 아버지는 어머니 몰래 로봇으로 완성한 로사를 수호와 여러 번 만나게 했다. 하지만 수호는 로사에게 좋은 인상을 남기지 못했다.

“좋지 않은 기억입니다. 한번은 당신이 저를 부러뜨렸죠.”

“그건 사고였어. 미안해. 진짜로.”

“네, 사과 받을게요. 그리고 당신은 제가 보기에 정도원 박사님과 닮은 점이 전혀 없어요.”

“유전자가 닮지 않았을까?”

웃으라고 한 말이었지만 로사의 표정은 그대로였다.

“좋아. 그럼 리더의 카리스마라든가.”

“네, 아뇨.”

“뭐가 ‘네’고, 뭐가 ‘아니’라는 거지?”

“당신은 리더의 카리스마가 없다는 뜻입니다.”

로사의 말에 수호는 반박하려다가 참았다.

“로사, 여기서 계속 시간을 보낼 거야?”

민유가 로사에게 부드럽게 말했다.

“차에는 충전 스테이션이 있을까요? 이 박사님?”

로사가 민유에게 물었다.

“있지. 로봇 이동용 차량이니까.”

“그럼 안내해주십시오. 방전될까 봐 걱정 중이었어요. 안녕히 계세요, 원장님. 그동안 감사했습니다.”

카운터에 허름한 옷을 입고 있는 할아버지에게 가볍게 인사하는 로사를 보며 수호는 잠시 멈칫했다.

‘원장님이라면, 저분이 아버지가 수십억 원 대의 로사를 안심하고 맡겨놓은 지인인 건가? 그것보다 지금 로사가 나랑 같이 간다고 하는 거 맞는 거지?’

수호는 어리둥절했다.

"거기서 뭐 해?"

입구에 서서 재촉하는 민유의 말을 듣고 나서야 수호는 카운터를 지나 밖으로 향했다.

"아, 아무것도 아냐. 그런데 방금 전에 그거 뭐야? 어떻게 로사를 설득한 거야?"

"난 설득한 적 없어. 로사가 어제 나한테 메시지를 보냈거든. 부원장에게 연락받았다고. 앞으로 같이 일하게 되냐고."

민유가 웃었다.

"그럼 로사는 원래 가려고 했던 거야? 그러면서 왜 나한테 안 갈 것처럼 한 거지?"

수호가 어이없다는 듯이 물었다.

"안 간다고 한 적은 없습니다. 수호의 질문에 그냥 제 생각을 답변한 것 뿐입니다. 여기서도 충분히 여러 가지 의미 있는 작업을 할 수 있지만 아시다시피 정도원 박사님과의 약속 때문에 가는 거라고 답변을 드렸죠."

로사가 문을 잡고 수호에게 말했다.

"그것보다 너희 어떻게, 아니 언제부터 서로 연락하는 거야?"

"그냥 우연히."

민유가 가볍게 웃으며 수호의 팔을 잡았다. 로사와 다시 만나기 위해 민유가 어떻게 20년의 낮과 밤을 지냈고 어떤 일까지 감당해야 했는지는 수호가 굳이 알 필요가 없었다.

"잠깐만, 의사 선생."

카운터를 지켰던 원장이 수호에게 말을 걸었다.

"네?"

수호는 단단한 결심이 느껴지는 말투로 되물었다. 여기서 원장이 로사를 못 가게 막으면 소모적인 언쟁을 시작해야 했다.

"밥이나 먹고 가지?"

원장이 웃으며 말했다.

"아, 네."

다행히도 순순히 로사를 내어주는 것 같았다. 수호가 억지로 웃어 보였다. 하지만 원장은 수호를 보고 있지 않았다.

원장이 말한 '의사 선생'은 로사였다.

로사가 한의원 안으로 고개를 빼꼼 내밀며 말했다.

"네, 원장 선생님."

로사가 미소 지었다.

"어서 먹게."

할아버지 원장은 단정히 앉아 있는 민유에게 권유했다. 일식집 룸 안은 조용하고 정갈했다. 로사가 밥을 먹고 가겠다고 했기 때문에 수호와 민유도 따라왔지만 정작 로사는 아무것도 먹을 수 없는 로봇이었다. 탁자 위에는 예술적으로 차려진 진한 국물의 탕과 반찬들이 줄지어 있었다.

"내가 자네 할머니와 고등학교 동창이라는 말을 자네 아버지가 했는가?"

원장이 수호에게 말했다.

"할머니는 여고를 나오셨는데요."

수호가 대답하자 원장은 껄껄 웃었다.

"아 참, 그렇지. 내가 착각했네. 하도 오래 돼서. 그러고 보니 나는 옆 남학교에 다녔지."

원장은 먼 곳을 보며 회상에 잠겼다.

"자네 할머니는 미모가 우리 학교까지 소문이 나서 내가 매일 등교하고 하교할 때마다 따라다녔지. 그러니까 학교를 같이 다닌 거나 마찬가지야. 집이 또 가까웠거든."

"네."

수호는 어떻게 대답해야 할지 몰라서 회만 삼켰다. 원장의 수십년 전 추억 보따리가 풀어질까 싶어서 대답은 되도록 간단히 했다. 수호의 머릿속에는 빨리 밥만 먹고 갈 생각뿐이었다. 동그란 눈을 깜박이며 밥 먹는 사람들을 가만히 보고만 있는 로사가 있으니 수호는 왠지 밥이 잘 넘어가지 않았다.

"로사, 심심하지? 그것 좀 까봐."

원장이 수호를 한번 힐끗 보더니 로사에게 부탁했다. 그러자 로사는 순식간에 반찬 그릇에 담긴 메추리알을 까서 원장의 앞에 놓았다. 수호와 민유가 그 신속함에 놀라자 원장이 웃었다.

"뭘 그리 놀라나. 로사의 손은 섬세해서 저 메추리알을 꿰맬 수도 있어. 몇 스티치였지?"

"10스티치까지 해봤습니다."

로사가 대답했다.

"그 정도로 놀라다니."

눈을 동그랗게 뜬 수호의 표정을 보고 한의원 원장이 신난 표정으로 크게 웃었다.

메추리알이라니. 수호는 말없이 젓가락질을 했다. 복잡한 뇌수술을 할 수 있는 로사가 지금껏 그런 일에 쓰였다는 것에 기운이 빠졌다.

"젓가락질을 잘하는 걸 보니 수술에 재능이 있겠어. 자네 할아버지하고는 딴판이구먼. 내가 자네 할아버지하고 의과대학 동창이라는 것은 얘기했던가? 자네 할머니에게 자네 할아버지를 소개한 것도 나지. 그것 때문에 평생 자네 할머니한테 혼났지만."

원장은 미소를 띠며 손가락으로 식탁 위의 작은 벨을 눌렀다. 잠시 후, 노크하는 소리가 들리더니 초로의 신사가 우아하게 문을 열고 나타났다. 사장님, 원장님 하며 친근하게 안부를 묻는 것을 보니 둘은 친분이 오래된 사이 같았다. 원장은 사장에게 음식을 칭찬했다. 사장은 고개를 숙이며 겸손하게 답했다.

"그저 고객님들의 기억에 남을 만큼 좋은 음식을 선보이고자 하는 마음뿐입니다. 그런데 오늘은 무엇을 도와드릴까요?"

"계란 한 알을 좀 부탁드립니다, 사장님."

"아, 계란 한 알이요?"

일식집 사장은 놀라지도 않고 고개를 끄덕였다. 아마도 한의원 원장의 기행은 역사가 오래된 모양이었다.

사장이 계란 한 알을 접시에 담아오자 원장이 로사에게 접시를 내밀었다. 로사는 계란에 바늘 하나가 들어갈 정도의 구멍을 뚫고 거기서 순식간에 끈끈한 흰 점액질을 꺼냈다.

"이건 '찰라자'라는, 계란의 흰자 부분에 있는 끈적끈적한 섬유질인데 노른자를 중앙에 고정시켜두는 역할을 하지. 이렇게 하기 위해 자네 아버지의 여러 가지 기술이 들어갔어. 그게 뭐였더라?"

로사를 보며 원장이 물었다.

"정밀 위치 결정 기술, 안정화 및 미세 제어 기술, 재료 분석 기술, 실시간 피드백 시스템입니다."

로사가 답했다.

"그렇군. 관련해서 설명 좀 해주게."

원장이 말하자 로사 대신 민유가 열정적으로 나섰다.

"우선 로사는 내장된 초음파 센서나 광학 센서를 통해 계란의 표면을 정확히 분석하고, 바늘을 끼워 넣을 위치를 정확히 판단합니다. 로사의 팔은 다중 자유도를 가진 구조로 설계되어 움직임이 매우 부드럽고 정확하죠. 이를 통해 매우 미세한 힘의 제어가 가능합니다. 로사는 계란의 취약한 표면을 손상시키지 않도록 힘의 강도를 재빨리 조절해서 손가락 끝에서 나온 바늘을 통해 계란 내부의 점액질을 분석합니다. 센서와 알고리듬으로 복잡한 화학적 성분 분석을 한 뒤 특정 성분이나 질량을 정밀하게 측정합니다. 로사의 작업은 연산 유닛에 의해 실시간으로 모니터링되며, 어떠한 예기치 않은 변화에도 즉시 대응할 수 있는 피드백 시스템을 갖추고 있습니다."

술을 한잔 걸친 민유는 취한 듯 로사를 보며 말했다.

"맞아. 로사가 처음에 한의원에 와서 침술을 선보였을 때 정말 충격이었지. 침술은 정교함을 뛰어넘는 기술이 요구되는 예술이니까."

원장은 로사를 칭찬했다. 수호는 살짝 얼굴을 찡그렸다.

"원장님, 로사는 양의학 의사로 프로그래밍 되었습니다."

원장은 젓가락을 천천히 집어 들며 미소 지었다.

"프로그래밍이라. 나는 처음에 양의학을 배웠지만 결국 한의학의 세계로 들어섰어. 자네 할아버지와 나는 동창이라는 것만 빼고 닮은 점이 없었지만 한 가지 닮은 점이 있다면 사람을 좋아한다는 것이었지. 그래서 서비스업을 하는 거야. 그런 점에서 우리는 많이 닮은 셈이지. 의학이 기술이라고만 생각하나? 의학도 사람을 위한 서비스업이라고 생각하면 의학은 때로 예상치 못한 다양한 길을 열기도 하지. 내 로봇 의료 실험이 자네 아버지의 로봇 연구에 도움이 된 것처럼. 한약재를 검사하고 데이터베이스를 만들기도 하고."

수호는 그제야 침술센터의 벽에 걸려 있던 포스터가 떠올랐다. 다시 기억해보니 침을 놓고 있는 로사의 사진 아래 작게 "실험 모집 공고"라는 글이 있었던 것 같았다. 로사가 헛고생을 하며 한의원에 있었던 게 아니었다.

원장은 눈을 반쯤 감으며 덧붙였다.

"자네 할아버지는 젓가락질에 서툴렀고, 해부실에서는 기절했지. 외과 의사감은 아니었어. 소아과도, 정신과도…… 다 재능이 없었어. 하지만 그런 놈이 의료센터를 열고 성공한 것은 정말 신기한 일이지."

"운동을 좋아하는 이 녀석이 얼토당토않게 의사가 된 것은 저도 정말 이상했는데 역시 집안의 피군요."

민유가 웃으며 끼어들었다. 원장은 민유를 호기심 어린 눈빛으로 쳐다보았다.

"자네도 의료업계에 종사하나?"

"네, 의료 로봇공학 쪽에 있으니까요."

민유가 활기차게 답했다.

"자네는 사람을 좋아하나?"

"하하, 그렇습니다."

예상치 못한 질문에 민유의 웃음이 거칠게 터졌다.

"아닌 것 같은데."

원장은 눈썹을 들어 올리며 콩 하나를 능숙하게 젓가락으로 집어 먹었다. 그는 눈에 미소를 띄우며 덧붙였다.

"사람의 기억은 종종 의도에 따라 재구성되곤 하지만 나의 경우는 약간 다르지. 기억과잉증후군이라고나 할까? 일종의 포토그래픽 메모리가 있어서 그런 것 같아. 그래서 로봇과 비슷한 면이 있는 것일지도 모르지. 한의원에 들어설 때마다 자네들의 표정, 로사가 어느 방향을 바라봤는지, 자네가 나를 몇 번 쳐다봤는지, 그 모든 것이 선명하게 기억되어 있어. 심지어 그 순간의 온도와 향기, 감정의 뉘앙스까지도 말이야. 자네는 분명히 수호와 어렸을 때부터 친구라고 했는데 수호가 말을 할 때 수호 쪽이 아니라 이 방의 특이한 전기 인테리어 시스템, 로사 그리고 스마트폰에 더 많은 관심을 가지더군. 자네에게 뭐라고 하는 게 아니야. 기계를 인간보다 더 좋아하는 건 개인의 취향이니까."

원장은 뚫어지게 민유를 보았지만 민유는 부드럽게 미소지을 뿐이었다.

"어쨌든 이렇듯 인간은 감정이나 편견에 좌우되는 경우가 많지만 로사는 모든 동물 환자에게 공평하지. 귀여운 강아지든 딱딱하고 까다로운 동물이든. 지난 한 달간 내가 로사에 대한 기억으로 통계를 만들 수도 있어. 한결같았지."

원장이 말을 끝내고 물을 마시려고 했으나 잔이 비어 있었다.

"로사에게 감정 프로그램이 있다는 것을 잊으셨나 봅니다. 환자들에게 공평한 것은 그녀가 훌륭한 의사여서 그렇지, 감정이 없어서가 아닙니다."

민유가 지적하듯 날카롭게 말했다.

"그렇지. 그렇고 말고. 자네, 병원 첫 출근은 언제인가?"

원장이 수호에게 물었다.

"2주 뒤입니다. 로사는 제 관리·감독하에 통제될 거예요."

수호가 말했다.

“자네가 도리어 로사에게 배울 점이 많을걸. 환자에게 편견을 두지 않는 것. 진정한 의사라면 그래야지.”

원장의 말에 뭔가 대답을 하려는 수호를 민유가 눈짓으로 말리고는 대신 대답했다.

“낮에는 수호가 로사와 일하지만 밤에는 제가 로봇 공학자로서 로사를 돌봅니다. 너무 걱정하지 않으셔도 돼요.”

민유는 원장의 빈 잔에 물을 천천히 따라주었다. 그의 눈은 계산적이면서도 차가웠다. 이어 그는 로사를 힐끗 쳐다보았다. 그의 눈에는 냉정함과 함께 어떤 종류의 뜨거움이 스쳐 지나갔다.

로사의 시스템에는 고도의 표정 분석 알고리듬이 탑재되어 있었다. 그녀는 민유의 표정을 분석하며, 복잡한 계산을 거쳐 그의 감정을 파악했다. 민유가 로사를 보며 느끼는 것은 ‘극도의 쾌감’이었다. 그 쾌감은 일반적인 쾌감과는 다른, 계획이 완수됐을 때의 만족감의 형태와 유사했다. 지금 이 상황에서 민유가 그런 정도의 쾌감을 느낄 이유가 없었다.

로사는 그 정보를 내부 데이터베이스에 저장했다. 민유가 어떤 사람이고 어떤 계획을 갖고 있는지는 알 수 없었지만, 그의 감정 데이터는 분명히 중요한 단서가 될 수 있을 것이라 판단했다. 또한 수호가 민유를 볼 때마다 그의 표정에서 ‘두려움’이 읽혔다. 로사는 그 데이터도 저장했다.

오늘, 수호가 건물에 들어섰을 때 로사는 수호의 ‘두려움’을 감지했다. 그때 로사는 한의원의 검사실 테이블 위에 놓인 버섯 한 종류를 주의 깊게 살펴보고 있는 중이었다. 그녀의 눈에는 일반적인 카메라 센서 외에도 다양한 스펙트럼을 분석할 수 있는 고급 센서가 탑재되어 있었다. 로사는 자신의 내부 시스템에 명령을 내렸다.

"분석 프로토콜."

로사는 버섯의 표면을 스캔하며 그 성분을 분석하기 시작했다. 먼저 가시적 빛 스펙트럼에서 시작해 적외선, 자외선까지 다양한 파장의 빛을 버섯에 쬐었다. 그 결과를 통해 버섯의 표면에 어떤 미네랄이나 화합물이 존재하는지 파악했다.

"재밌네요. 이 버섯에는 베타글루칸이라는 면역계를 강화하는 성분이 함유되어 있습니다."

로사는 분석 결과를 원장에게 말했다. 그다음 단계로, 로사는 작은 샘플을 취해 더 깊은 분석을 위해 크로마토그래피*와 질량 분석을 수행했다. 로사는 그 정보를 데이터베이스에 업로드하고 이후의 치료나 연구에 활용될 수 있도록 했다. 원장은 만족스럽게 미소 지으며 로사에게 그 버섯과 다른 한약재를 섞었을 때의 효용을 연구하도록 했다.

그 순간 갑자기 로사의 감정 데이터가 흔들렸다. 두려움. 그녀가 느껴야하는 감정이 아니고 외부에서 수신된 감정이었다. 이

* 혼합물을 분리하는 분석법.

것이 무엇인지 로사는 알았다. 수호였다. 로사와 수호의 몸에 매우 유사한 디자인의 칩이 삽입되어 있기 때문인지 로사는 수호가 어렸을 때부터 위기의 순간에 수호에게서 두려운 감정을 마치 공명하듯이 공유받을 수 있었다. 물론 칩의 파장이 미치는 범위 내에 있을 때만 나타나는 현상이었기 때문에, 둘을 떼어놓으면 감정이 전달되지는 않았다. 그러므로 꼭 20년 만에 느끼는 감정이었다.

로사는 원장에게 그 사실을 전했다.

"보통의 위기감이었다면 네게 전해지지 않았겠지. 수호가 의식적으로든 무의식적으로든 상당한 위기를 느낀다는 뜻인데. 어떤 상황인지 네가 잘 알아봐야겠구나."

원장이 로사에게 말했다.

수호가 어떤 위기에 처해 있는지 전달된 감정만 봐서는 알 수 없었다. 하지만 분명히 계속해서 수호는 그 두려움을 느끼고 있었다.

버섯을 검사하고 데이터베이스에 업로드하며 그 버섯과 다른 약재를 섞었을 때의 효용을 연구하듯, 수호와 지내면서 그의 감정을 보다 더 자세히 연구하다 보면 두려움의 이유를 알 수 있지 않을까 하고 로사는 생각했다.

수호와 로사

수호가 유일하게 구독하는 로사의 SNS에 게시물이 올라왔다는 알림이 울렸다. 수호는 무시했다. 그러나 알림은 계속해서 울렸다. 다섯 번째 알림이 울리자 수호는 한숨을 쉬며 귀찮다는 표정으로 태블릿 PC를 열었다.

오늘의 컨디션: 수호와 24시간 연락 장치 연결 레디! 제가 먹을 수는 없지만 아침 식사 사진도 올리겠습니다. 아보카도 토스트에 스무디, 커피까지. 물론 전부 3D 렌더링이지만 뭐 어떤가요? 점심엔 새로 개발한 메뉴를 올릴 예정입니다. 기대해주세요.

로사의 SNS 메시지들을 볼 때마다 수호는 자신도 모르게 얼굴을 찌푸렸다. 의료 활동과 전혀 관계없는 내용도 걸렸지만, 무엇보다도 자기 자신이 태그된 것이 영 마음에 들지 않았다. 덕분에 수호의 비공개 SNS 아이디로 계속해서 친구 요청이 들어오는 중이었다.

요즘 하루 종일 수호의 머릿속에 떠오르는 생각들은 전부 로사에 대한 것들이었다. 만약 다른 로봇을 쓸 수 있었으면 이런 깊은 고민은 하지 않았을지도 몰랐다.

수호가 생각하기에 로사는 절대로 통제하기 쉬운 로봇이 아니었다. 하지만 아버지의 수많은 로봇 연구 결과 중 일부가 지금 법적인 문제로 묶여 있었고 초창기 연구물이었던 로사만 실험적으로 활용할 수 있도록 허가되어 있었다. 로사는 뛰어난 프로그램과 리소스 덕분에 일반적인 로봇처럼 행동하지 않았다. 투명할 정도로 순수하고 동시에 필요 이상으로 똑똑했다. 덕분에 이머전트 AI 현상이 잦았다. 해킹이 되지 않았는데도 일반적인 로봇과 다르게 독특하게 행동할 때가 있어서 수호를 혼란스럽게 했다.

예를 들어, 로사는 의사라는 직업과는 상관없는 SNS 계정을 개설해서 먹지도 못하는 음식 사진을 올린다든가 사람처럼 그날의 일상을 다룬 일기를 올리고, 가끔 환자들을 진료할 때 너무 특이한 방식으로 진단을 하기도 했다. 다음에는 어떤 일을 벌일지 알 수 없었다.

어쩔 수 없이 수호는 24시간 연락 장치를 로사와 연결해서 로사의 생각을 실시간으로 모니터링하기로 했다. 그래야만 이머전트 AI 현상이 나타났을 때 수호가 금방 인지할 수 있었기 때문이었다. 경우에 따라서는 수호가 응급 셧다운 프로토콜을 발동해 예측 불가능한 사고가 생길 가능성을 차단할 수 있어야 했다.

드디어 다가온 날을 앞두고 수호는 설렘이 몸을 감싸는 것을 느꼈다. 내일은 그가 로사와 함께 G의료센터의 복도를 걸을 첫날이었다. 로사에게는 고도화된 수많은 의학 센서와 판독 알고리듬 그리고 특화된 의료 지식까지 탑재되어 있었다. 수호가 로사를 의료 현장에 투입하기 위해 희생해야 했던 것들은 적지 않았다. 그가 쌓아온 의사 경력, 안정 그리고 사회적 평판. 그 결정은 도박처럼 느껴졌고 수호를 아끼는 몇몇은 진심으로 그를 만류했다.

수호는 그들의 걱정을 무시했다. 한때는 성공이야말로 그의 DNA에 새겨진 인생의 척도였다. 그러나 부모의 죽음과 도산 이후 그는 성공보다 패배가 더 가까운 현실처럼 느껴졌다. 아무래도 좋았다. 그는 이미 모든 것을 걸고 뛰어들었다. 진정으로 살아 있는 기분이었다.

하지만 사람들은 착각했다. 그들은 수호를 아직도 오만한 도련님 정도로 여겼다. 그래서 이렇게 대책 없이 오만하고 무모한 인간과 어디로 튈지 모르는 엉뚱한 로봇 한 쌍이 협력해 병원에서 사람들을 치료하는 프로젝트에 대해서 기대보다는 걱정을 앞세웠다.

*

꿈이었지만 현실 같았다. 모래바람이 황량하게 불어 눈앞이 잘 안 보였지만 수호는 차량으로 다가갔다. 차량의 창고 칸이 열려 있었고 다가가자 눈을 뜬 여성의 시체가 누워 있는 게 보였다. 그리고 로사가 그 옆에 앉아 있었다.

"설마…… 네가 그런 거야?"

수호가 로사에게 물었다.

— 제가 뭘요?

"그 시체."

수호는 이를 꽉 깨물고 말했다.

그때, 갑자기 부드러운 전자음이 "출근 시간!"이라고 외치며 알람을 울렸다.

— 수호, 이제 일어나야 해요. 출근 시간이에요.

로사의 목소리가 그의 머릿속에 울렸다.

"네가 그랬냐고 묻잖아. 그것만 대답해. 차에 실린 다른 로봇이 살인한 거야. 그렇지?"

수호는 아직도 눈을 감은 채 갈라진 목소리로 속삭였다.

— 수호, 악몽을 꾼 것 같군요.

"꿈 따위가 아니야. 차량에 아직 증거가 그대로 있어. 시체가 있다고."

수호가 고개를 가로저으며 말했다.

— 빨리 일어나요. 눈을 떠요.

로사의 말에 수호는 비로소 눈을 떴다. 주위를 둘러보니 트럭도 황무지도 텐트도 다 사라져 있었다.

"출근 시간!"

알람이 다시 울렸다. 알람 시계를 끄지 않으면 손목에 찬 시계가 계속 울리게 되어 있었다. 정신을 차려보니 병원 기숙사 2층 침대 위쪽 칸이었다. 수호는 잠시 어리둥절해서 손으로 얼굴을 비볐다. 국경없는의사회에 있을 때 겪었던, 해킹당한 로봇이 인간을 살해한 사건을 악몽으로 꾼 것이었다. 꿈속에서는 로사가 그 해킹당한 로봇이었다.

수호가 눈을 뜬 동시에 로사도 연구동에 있는 자신의 방에서 눈을 떴다. 둘은 실제로는 멀리 떨어져 있었다. 로사는 연구동에, 수호는 입원 병동 기숙사에 있었다. 가까이 있을 때 감정만 공명하듯 전달되던 때와는 달리 이제는 24시간 소통이 가능한 연결 장치를 가지고 있기에 서로의 말이 실시간으로 전해졌다. 로사에게는 밖에서는 잘 보이지 않는 간단한 무선 연결 장치를 등에 있는 외부기억장치 연결 단자에 연결하는 것으로 충분했다. 그렇게 로사는 생각하는 것만으로도 물 흐르듯 하고 싶은 말을 전달할 수 있었지만 수호는 달랐다. 그는 귓속 유양돌기가 있는 부분의 피부 아래에 연결 장치를 이식하여, 연결 장치가 미세한 진동을 감지해 목소리를 전달할 수 있도록 직접 말을 하거나 말을 하는 생각을 해야 했다. 여기에 더해 로사의 상태를 더 정확히 파악하기 위해 로사의 시스템 정보를 시각적으로 확인할 수 있는 스마트 안경이 수호에게 주어졌다.

— 수호, 매일 먹고 있는 각성제 때문에 흥분 상태라서 생생한 악몽을 꾸는 것 같아요. 당분간 각성제는 멀리하세요.

수호에게 그렇게 전하고 로사는 천천히 배터리 충전 스테이션에서 일어났다.

로봇 의사 로사가 머무는 연구동의 방은 최첨단 기술의 산물이었다. 방 안은 넓고 깨끗했으며, 시원한 흰색과 회색 톤의 내부 디자인이 돋보였다. 크롬 및 유리로 만들어진 가구들이 빛을 반사해 주변을 더욱 밝게 했다. 수호가 머무는 협소한 병동 기숙사보다 최소 네다섯 배는 큰 크기였다.

로사의 충전 스테이션은 방 한쪽에 위치해 있었으며, LED 디스플레이와 여러 고급 기기들이 벽에 정리되어 있었다. 그곳에서는 로사가 충전을 하고 최신 기능을 업데이트하며 필요에 따라 소프트웨어와 하드웨어 점검을 받을 수 있었다.

"어제도 그제도 도합 다섯 시간밖에 못 잤다고. 어떻게 각성제를 안 먹어?"

수호가 큰 소리로 말하자 2층 침대 아래쪽 칸에서 자고 있던 레지던트 동료가 귀를 막으며 잠을 청했다. 그 친구도 며칠 동안 잠을 못 자서 괴로워하고 있는 중이었다. 아차 싶어서 수호는 조심스레 세면도구를 챙겨 침대에서 내려왔다. 동료들을 깨우지 않기 위해 살금살금 걸어서 문을 열었다. 잠이 덜 깬 수호는 멍하니 텅 빈 복도를 지나 공동 화장실로 향했다.

— 진단해봐야 알겠지만, 당신은 며칠간 악몽을 계속 꿔서 멜라토닌 수치가 불안정해져 수면 패턴에도 영향이 가고 있는 것 같습니다.

로사는 수호에게 그렇게 전하고 동시에 자신의 전체 시스템을 점검했다. 배터리 상태를 확인한 뒤 주변 환경을 감지하는 센서를 작동시켰다. 주변 소리, 온도, 조도 등이 감지되었다. 이후 로사는 최신 의료 정보를 즉시 업데이트하고 검색했다.

방의 중앙에는 대형 터치스크린 모니터가 있었는데, 여기서는 로사가 환자 데이터를 분석하고 연구를 진행할 수 있었다. 이 모니터에는 의사가 필요로 하는 모든 정보가 실시간으로 업데이트되어 있었다.

수호는 고요한 기숙사 분위기에 눈치를 보며 생각으로 말을 전했다.

— 소리 질러서 미안해. 그런데 잔소리 그만해. 나도 의사라는 거 잊었어?

— 악몽일 뿐입니다. 자신이 통제하지 못하는 무의식을 제게 사과하실 필요는 없지만 받아들이겠습니다.

로사는 대답하면서 순식간에 방대한 분량의 의료 기술의 발전 동향과 최신 연구 결과를 습득했다. 최신 치료 방법이나 효과적인 약물 조합에 대한 정보를 확보하는 것은 일상이었다.

— 내가 네 꿈을 꾼 걸 어떻게 알아?

— 추정입니다. 제 꿈을 꾸셨습니까?

수호가 어떤 꿈을 꾸는지까지 로사는 알 수 없었다. 그가 어떤 꿈을 꾸는지 알려면 뇌파 측정만으로는 부족했고, MRI 등의 기기를 이용해서 보다 정교한 데이터를 확보해야만 했다. 악몽을 꾸고 있다는 것 정도는 수호의 뇌파 흥분 상태 패턴만을 보고도 판단할 수 있었다.

로사는 세척실로 들어가서 소독 가스를 분사해 온몸에 뿌리고 똑바로 선 채로 세척 모듈을 작동시켜 손과 몸의 부분 부분들을 깨끗하게 자동 소독했다. 전문 의료 로봇으로서 위생적인 환경을 유지하는 것은 매우 중요한 문제였다.

— 그냥 악몽에 네가 나온 거야. 특별히 너를 싫어한다든가, 그런 게 아니니까 걱정 마.

— 당신이 저를 좋아하는지 아닌지 그런 것은 걱정 안 해요. 그저 스물일곱 살 성인 여성, 로봇 의사로서 인간 의사 수호를 보조하도록 프로그래밍 되었습니다.

로사는 거울에 비춰진 자신의 모습을 관찰했다. 거울 속에서 동그란 눈을 반짝이는, 분홍빛 머리를 한 상냥하고 아름다운 외모의 여성이 미소를 머금은 채 자신을 보고 있었다. 대면할 일이 많은 의료계에서는 부드러운 인상에 말끔한 외관을 유지해야 했다.

— 그래, 로사. 내가 너를 좋아하든 미워하든 전혀 신경 안 쓰

는 거 이미 백열다섯 번이나 말해줘서 잘 안다고.

수호는 칫솔질을 하며 화장실 거울로 자신의 얼굴을 확인하고는 한숨을 쉬었다. 머리는 부스스했고, 며칠 동안 잠을 못 자서 눈 밑에 다크서클이 완연했다.

'지금 얼굴 꼴이 문제가 아니야. 우선은 잠에서 깨는 게 제일 중요해.'

수호는 평소보다 더 거세게 물을 튀기며 세수하고는 다시 기숙사 방으로 들어왔다.

정말 다행히도 가끔 로사가 단호하게 지적해주면 정신이 번쩍 들었다. 아무리 아버지가 『어린 왕자』 이야기를 하며 로사랑 친해져야 한다고 어렸을 때부터 귀에 박히도록 말했어도 로사는 로봇이지 장미꽃이 아니었다. 자신이 어린 왕자가 아닌 것처럼, 로봇은 로봇일 뿐이다. 혼자 로사에게 정들면 곤란하다고 수호는 생각했다.

— 오늘 꾼 꿈에 대해 자세하게 SNS에 올리지 마세요. AI에게 우호적이지 않은 메시지는 향후 불리하게 작용할 수도 있으니까요.

최근에는 AI가 업무, 인사, 교육, 금융기관 등에서 인간을 평가하는 자리에 있는 경우가 많아졌기에 조심해야 했다. 초기에는 편견에 대한 문제나 AI 윤리 이슈 때문에 AI의 도입이 저조했지만, 인사위원회나 윤리와 관련한 안전장치 등을 도입하면서 조건부로 AI에게 데이터 분석이나 초기 추천 등의 업무를 맡기기 시작했다. 그러나 언제나 그렇듯 인간들이 AI를 과도하게 신뢰하기 시작하면서 사실상 AI의 추천을 거의 그대로 받아들였기 때문에 AI가 어떻게 판단할 것인지를 미리 잘 생각해서 행동하지 않으면 향후 인생이 매우 고달파질 수밖에 없었다.

— AI와 협력해야 하는 인간이 AI에게 적대적이라는 것을 AI에게 알리는 것은 그리 좋은 전략이 아니지 않을까요?

로사의 성의 있는 잔소리가 연락 장치에서 울리자 수호는 얼굴을 찡그렸다. 가뜩이나 머릿속이 복잡한데 타인의 생각까지 자신의 머릿속을 침범하는 것은 성가신 일이었다. 수호가 앞으로 1년이라는 실험 기간 동안 로사와 연결되어 감시당하는 일을 자처한 것은 의료계를 위한 거룩한 희생이었다. 하지만 결코 쉬운 일이 아니었다. 1년 후에는 단 하루라도 연장할 수 없다고 해야지.

수호는 흰 의사 가운을 걸치고 벽에 붙은 작은 손거울로 자신의 모습을 확인하며 로사에게 생각을 전했다.

— 오늘은 첫 출근이니까 조심하자고. 나쁜 징조라는 게 있잖아. 주역, 해몽, 융의 동시성, 그런 거 몰라? 인류의 경험이 말해주지만 과학적으로는 아직 증명이 안 된 그런 것들.

— 수호가 꾼 악몽은 약물이나 스트레스, 수면장애가 원인일 수 있습니다. 검사받으시길…….

로사가 생각을 전하고 있는데 갑자기 퍽 하는 소리와 함께 그녀의 손목에서 부품 하나가 타버렸다.

— 뭐 잘못됐어?

이상한 신호를 감지한 수호가 물었다.

— 약간의 부품 결함이 있어서 교체 예약했어요.

로사는 손목에서 손상된 부품을 자가 진단하고 보수 및 교체 작업을 온라인으로 예약했다.

— 괜찮아?

— 네, 아무 이상 없습니다.

로사는 아무 일도 없었다는 듯 수호처럼 흰 의사 가운을 입었다. 이름표에는 'R.O.S.A.A.'라고 새겨져 있었다.

— 어쨌든 로사, 행운을 빌어. 운도 능력이라는 말이 있거든. 오늘은 첫 출근이니까 어딘가 더 고장 나면 절대로 안 돼. 징조가 안 좋아.

수호의 생각을 들으며 로사는 창문을 통해 병원 바깥으로 시선을 돌렸다. 병원 건물 앞에는 노란색 유니폼을 입은 보안 요원들이 선을 지키고 있었다. 그들 사이로 불만에 찬 얼굴을 가진 수십 명의 시민이 로사가 있는 연구동을 향해 소리를 지르고 있었다. 그들은 다양한 표지판을 들고 있었고, 그중 몇 개는 "로봇이 아니라 인간 의사를 충원하라"라고 써져 있었다. 머뭇거리는 사람들, 분노에 찬 사람들, 두려움에 떠는 사람들. 그들 모두는 이 새로운 변화에 대한 두려움을 표현하고 있었다. 로사는 담담하게 그 모습을 바라보았다. 그들이 두려워하는 것은 로사의 존재 그 자체였다.

그 장면을 여러 매체에서 중계하고 있었다. 최초의 로봇 의사에 대한 관심은 높았다. 비록 좋은 쪽은 아니었지만.

— 실시간 영상에 "인간의 뇌는 상상과 현실을 구분하기 힘들다"라는 댓글이 달렸네요. 그건 마치 온라인에서 가짜 뉴스를 볼 때 혼동이 오는 것과 같은 것이죠. 실제로 아무 일도 안 했는데 '이 사람 뭔가 했다'라고 낙인 찍는 것과 비슷해요.

로사가 눈을 반짝이며 생각을 전했다. 수호는 로사를 한 번도 보지 못한 사람들이 호기심에 올리는 가벼운 댓글에 하나하나 열심히 답장하는 로사를 생각하니 기분이 언짢았다.

— 그래서 저는 병원에서 사람들과 직접 만나는 게 어찌 보면 '사람화 프로젝트' 같은 거라고 생각해요. 더 많은 사람이 저를, 아니 우리를 이해하게 되면 그 오해도 조금씩 풀릴 거라고 믿어요. 사람들이 AI에 대한 편견을 가지는 건 대부분 저희를 잘 몰라서 그래요. 직접 만나고 대화를 나눠보면 '아, 이 친구 그렇게 나쁘지 않네?'라고 생각하게 될 거예요.

로사가 미소를 지었다.

— 사람들의 생각을 바꾼다고? 글쎄. 단지 그들이 그냥 오해한 걸까? 너는 너 자신이 위험하지 않다고 생각하는 거야? 만약 네가 해킹되면 살인도 가능한 거잖아.

수호는 기숙사 방을 나서며 무심하게 생각했다.

— 아, 해킹이요? 그럴 것 같아서 동체 접근 비밀번호를 자주 바꿔요. 이번에는 '1234'에서 '5678'로 바꿨어요.

그렇게 농담하며 로사는 동양풍 족자가 걸려 있는 벽을 바라보았다. 수십 년 전에 정도원 박사가 유명한 한문학자를 만나 받은 족자였다.

로봇 의사 원칙

제1원칙, 존중의 원칙: 모든 환자를 동등하게 대하며 그들의 인간성을 존중하겠습니다. 그들의 의사 결정권을 존중하겠습니다.

제2원칙, 보안의 원칙: 환자의 개인 정보를 엄격히 보호하며, 이를 절대로 부당하게 사용하지 않겠습니다.

제3원칙, 발전의 원칙: 지속적으로 학습하고 의학 지식을 갱신하며, 신뢰성 있는 정보를 바탕으로 성능을 개선하겠습니다.

제4원칙, 협력의 원칙: 인간 동료들과 환자들과의 협력을 통해 최상의 결과를 도출하겠습니다.

제5원칙, 안전의 원칙: 환자의 안전을 최우선으로 보장하며, 내 행동이나 결정이 환자에게 물리적, 정서적 위험을 초래하지 않도록 항상 경계하겠습니다.

로사도 흰 가운을 입고 방을 나섰다. 로사의 방 밖에서 기다리고 있던 검은 슈트를 입은 다섯 명의 경호원이 긴장한 채 그녀의 뒤로 따라 붙었다.

화창한 날씨와 어울리게 로사의 표정도 밝았다. 흰 비둘기 한 마리와 까마귀 떼처럼, 그들은 고요한 연구동을 빠져나와 찬란

한 햇살 아래 투명한 유리의 병원 건물을 향해 걸어갔다. 로사의 발걸음은 탄탄하고 정확했다.

멀리 시위대의 소리가 들렸다. 의료센터에 진입하지 못한 시위대는 정문 건너편의 한쪽을 점거하고 있었다. "로봇이 아닌 인간 의사를!"이라는 외침이 공기를 가르고 자극적인 문구가 적힌 현수막이 펄럭였다. 사람들의 얼굴은 분노와 두려움으로 일그러져 있었다. "아동학대, 인종차별을 하는 AI를 의료진으로 신뢰할 수 없다!"라는 포효 소리와 함께 시위대가 현수막을 흔들었다.

— 시위대는 멀리 있으니까 그쪽 쳐다보지 말고 신경도 쓰지 마. 나도 지금 가고 있어. 응급 병동 입구에서 만나자.

수호의 생각이 전해졌다. 수호는 곧바로 민유에게도 연락해 로사에게 가달라고 부탁했다. 시위대의 규모가 생각보다 컸다.

"환자는 사람이지 로봇이 아니다!"

"계산기에게 생명을 맡길 수 없다!"

그때, 의료센터 환자를 가장해서 가까이 다가온 누군가가 크게 소리치며 계란과 토마토를 로사에게 던졌다. 재빨리 경호 팀이 그를 제지했지만 토마토는 로사의 머리 위에서 뭉개져 흘러내렸다. 토마토 과육의 붉은 빛이 마치 인간의 피 같았다. 그 순간 로사의 눈동자에서 푸른 LED 빛이 번쩍 빛났다. 진단 센서를 가동할 때 나오는 빛이었다.

로사는 멀리 100미터 밖에 서 있는 시위대를 바라보며 조용히 머릿속의 진단 센서를 돌려 사람들을 스캔했다. 로사의 센서가 반응했다. 사람들을 스캔하는 동안 시위대 중 한 명의 심박수가 높아짐을 감지한 것이었다. 비록 100미터 밖이었지만 로사는 환자의 체온이 정상 범위를 벗어나기 시작하고 피부 색깔이 창백해지는 것을 관찰했다.

"저 환자는 위험한 상태예요."

로사의 목소리는 결연했다. 경호 팀장은 짧게 고개를 끄덕이며 로사를 바라봤다.

"환자 한 명 발생. 닥터 로사의 즉시 진찰 요망함."

경호 팀장의 목소리가 무전기를 통해 전파되었다. 그런데 곧바로 보안대의 명령이 경호 팀장에게 전달되었다.

"곧장 닥터 로사를 응급 병동으로 데려가. 너희들의 임무는 환자를 돌보는 게 아니라 닥터 로사를 보호하는 거야."

경호원들의 인이어를 통해 불편한 진실이 전달됐다.

"환자가 위험에 처해 있습니다!"

로사가 외쳤지만 경호 팀장은 고개를 저었다.

"닥터 로사. 아무래도 어려울 것 같습니다. 저희로서는 당신을 보호해야 할 의무가 있습니다."

"거기서 시간 보내지 말고 빨리 데려와."

경호원의 인이어를 통해 다시 한번 보안대의 명령이 떨어졌다. 하지만 로사는 이미 그 환자를 스캔하며 걸어가고 있었다. 놀란 경호원들이 로사를 강제로 막으려고 했지만 신체적으로 인간보다 몇 배나 강한 로사는 끄떡도 하지 않았다.

"로사가 시위대에 접근 중입니다."

경호 팀장은 급한 목소리로 상부에 보고했고 취재 팀들이 로사를 따라가기 시작했다.

로사는 길을 건너기 위해 횡단보도로 다가갔다. 신호등은 빨간불이었다. 로사는 멈춰서서 시위대를 향해 미소를 지었다. 시위하던 사람들은 경호 팀을 물리치고 자신들에게 다가오는 로사를 보고 놀라서 당황해하고 있었다. 현수막을 흔들며 구호를 외치던 사람도 잠시 멈칫했다. 모두의 시선이 로사를 향했다. 단정한 분홍색 머리에 상냥한 미소. 누군가를 해칠 것 같은 모습은 아니었다.

푸른 신호등이 켜지자 로사가 길을 건넜다. 경호 팀은 로사를 마주보고 뒷걸음질을 치며 시위대와 로사 사이를 몸으로 막고 있었다.

— 로사, 뭐 하는 거야?

때마침 서둘러 달려오던 수호가 횡단보도를 건너는 로사를 발견했지만 빨간불이 다시 켜지는 바람에 멈칫했다. 로사와 시위대 사이는 겨우 몇 미터 거리였다. 수호는 속으로 욕을 하며 빨간불이 켜진 횡단보도를 뛰어 건넜다. 그러던 중 오토바이 한 대에 치일 뻔했고 지나가던 차량들이 클랙슨을 울렸다.

— 저, 의사잖아요. 환자를 보려고요.

로사가 전했다.

— 그만해, 로사! 볼케이노Volcano!

급한 마음에 수호는 로사에게 멈춤 명령어를 내렸다. 로사가 멈춰 섰다. 어떤 상황에서도 수호의 멈춤 신호에는 하던 일을 그만둬야 했다.

정도원 박사는 로사에게 긴급 명령어를 프로그래밍 했다. '볼케이노'라고 하는 명령어는 어린 왕자가 자신의 별에서 화산을 청소하는 에피소드를 상징으로 한 명령어였다. 화산은 강력한 에너지를 상징하지만, 동시에 그 에너지를 통제해야 함을 상기시켰다. 로사가 활동을 중지하고 에너지를 조절해야 할 때 이 명령어를 사용할 수 있었다.

하지만 갑자기 멈춰 서버린 로사가 미처 피하지 못한 토마토와 계란이 얼굴과 가운에 흘러내리는 모습을 보고 수호는 자신의 결정을 후회했다. '손Thorn'이라는 명령어도 같이 보내야 했다. 장미꽃이 가시로 자신을 보호하는 것처럼, 즉각 행동을 중단하는 동시에 로사 자신을 보호해야 할 때 이 명령어를 사용했다.

은은한 미소를 지으며 멈춰 있는 로사가 무서웠는지 로사가 감지한 노년의 환자가 소리를 지르며 무방비한 로사에게 계란을 던졌다. 수호는 명령어를 내릴 시간도 없이 달려와서 계란을 몸으로 막았다. 수호의 흰 가운에도 얼룩이 흘러내렸다.

"내 몸에 손대지 마, 이 악마야."

환자는 로사를 때리려고 주먹을 쥐었다.

— 로사, 블룸Bloom!

수호가 이번에는 다시 움직이라는 명령어를 외쳤다. 로사의 눈이 깜박이며 움직이기 시작했다.

"환자분, 지금 많은 분이 촬영하고 있는 거 아시죠? 저혈당 쇼크로 쓰러지셔서 유명세를 떨치시기 전에 구해드려도 될까요?"

깨어나자마자 로사가 아무 일도 없었다는 듯 환자를 향해 밝게 말했다.

"필요 없어!"

환자가 소리쳤다. 수호가 로사를 보며 고개를 저었다.

— 환자가 쓰러지지 않은 한 우리가 처치할 수 없어. 환자가 진료를 거부했고.

— 그런데 이 환자는 우리 의료센터의 VIP 고객이에요. 뇌졸중으로 지난달에도 명단에 올라 있었어요.

로사가 생각으로 전하자 수호는 잠시 눈을 감았다가 한숨을 쉬었다. 환자에게는 뇌졸중이라는 일촉즉발의 상황이 펼쳐질 수도 있기에, 기저질환인 당뇨나 저혈당 쇼크가 온다면 위험해질 수 있는 상황임이 분명했다.

수호가 고개를 끄덕이자 로사는 환자를 제압하고 곧바로 자신의 손가락을 스프링처럼 펼쳤다. 로사의 손가락 끝에서는 작은 주사기가 나왔다. 그 안에는 당분을 충전할 수 있는 액상 글루코스가 들어 있었다.

로사의 손가락에서 낯선 도구가 나오자 사람들이 놀라서 뒷걸음질을 했다. 기자와 사람 들은 그 광경을 영상으로 찍었다. 하지만 로사는 신경 쓰지 않고 수호와 함께 남자를 안정시키기 시작했다. 주변의 시위대는 외침을 멈추고 두 사람의 움직임을 지켜보았다.

그때 갑자기 로사의 예측대로 멀쩡하던 남자가 쓰러졌다. 그의 눈이 뒤집어지고 입에서 거품이 흘렀지만 의식을 잃은 상태는 아니었다. 로사는 곧바로 글루코스를 투여했다. 시간이 얼마나 흘렀을까 곧 환자의 숨소리가 점차 안정되었고, 창백했던 얼굴에 다시 생기가 돌아왔다.

"일어나실 수 있겠어요?"

로사는 손을 내밀었지만 아직 정신이 혼미한 환자는 본능적으로 그녀의 손을 거부했다. 수호가 환자를 부축해서 들것에 실었다. 때마침 민유도 도착해 로사의 팔을 잡았다.

"로사는 내가 돌보고 있을게."

로사는 민유와 경호원의 긴밀한 보호하에 응급 병동으로 향했다. 취재진들이 그들을 끝까지 따라왔다. 카메라의 셔터음이 지속적으로 울렸다.

"신경 쓰지 마."

민유는 부드럽게 말했다. 토마토와 계란을 뒤집어쓴 로사는 매우 안쓰러워 보였다.

"걱정 마세요. 작업 중에는 감정 프로그램 꺼놓는 거 잊으셨나요? 긴장 풀어요. 얌전히 토마토와 계란을 뒤집어쓰면 모든 게 쉽게 끝나니까요."

로사는 농담을 하며 부드럽게 손을 뻗어 민유의 어깨를 살며시 톡톡 두드렸다. 인간들이 말없이 지지와 이해의 의미를 전달하는 방법이었다. 민유의 표정이 어색해졌다. 지금 위로를 받아야 할 이는 로사였다. 로사는 인간의 감정 상태를 파악하는 데 매우 능했다. 음성과 언어, 표정, 심박수, 피부 전도도, 호흡 등의 생체 신호를 측정하여 스트레스, 긴장, 편안함 등의 감정 상태를 판단했다. 민유에게는 때로 그 훌륭한 프로그램이 조금 걱정될 때도 있었다.

몸에 묻은 계란과 토마토는 가운을 벗으면 되는 일이었지만 머리에는 아직도 계란이 흐르고 있었다. 민유는 로사를 데리고 화장실로 갔다. 남자 화장실에 사람이 없는 것을 확인하고 들어가서 세면대에서 로사의 머리칼을 씻겼다. 거의 다 씻을 무렵 화장실에 사람들이 들어왔다.

다른 남자들은 로사를 흘깃 보고 문이 달린 화장실 안으로 들어갔지만 한 짓궂은 남자가 소변기 앞에 섰다.

"아, 그 여자 로봇인가? 예쁘게 생겼네."

환자복을 입은 남자가 로사를 보며 소변대 앞에서 거침없이 바지의 지퍼를 내렸다.

"네, 저도 여자입니다. 뭐, 물론 코드로 된 여자지만……."

밝게 대답하는 로사를 보는 민유의 눈빛에 강렬한 불길이 번졌다.

"로사, 볼케이노."

민유의 목소리는 날카로웠고, 순간 로사는 눈을 뜬 채로 비활성화되었다. 민유는 걸음을 옮겨 단단한 팔로 남자의 멱살을 붙잡았다. 눈은 냉기로 가득 차 있었다.

"나…… 나, 여기 환자예요."

남자가 움찔하며 기어드는 목소리로 말했다.

"로사는 여기 의사야. 의사 대접을 해줘야 환자 대접도 받을 수 있는 거야."

민유가 목소리를 낮추며 남자의 목을 한 손으로 서서히 졸랐다. 민유의 팔에 이식된 근육 증강 장치가 혈관을 비춰 반짝였다. 너무나 세게 죄어오는 손아귀 힘에 숨이 막혀오자 남자는 공포에 질렸다.

"미안해요. 그냥 장난이었어요."

고양이가 쥐 놀리듯 민유가 손아귀 힘을 풀어주자 남자는 고개를 푹 숙이고 지퍼를 올리더니 비틀거리며 화장실을 나갔다.

고이스트와 닥터 드류

부원장실에서 수호와 로사가 부원장과 마주보고 앉았다. 부원장이 명령했다.

"로사, 방금 전에 녹화된 화면을 전송해봐."

로사가 대형 스크린에 영상을 송출하자, 부원장은 스크린 앞으로 다가가 화면을 터치해 녹화된 장면들을 넘겼다. 그러다 로사 앞에서 놀란 듯이 손을 흔드는 환자가 나오자 화면을 멈췄다.

"제1원칙인 환자의 의사 결정권을 존중하겠다는 조항을 어긴 거야."

그녀는 그렇게 말하며 화면을 넘겼다. 이번에는 로사가 환자에게 글루코스를 강제로 투여하려는 장면이었다. 환자는 두려움에 사로잡혀 로사를 밀쳐내고 있었다.

"환자가 진료를 거부했음에도 환자의 정보를 열람해 제2원칙도 어기고, 환자가 입원한 후에도 정서적 트라우마를 호소하고 있으니 제5원칙까지 위반했어."

부원장은 자리로 돌아가며 허리에 두 손을 올렸다.

"어떻게 해야 할까?"

"심신이 미약한 환자의 의사 결정을 판단하기에는 어려움이 있습니다. 비록 세 가지 원칙을 어겼지만 로사는 제3원칙만은 잘 지켰습니다."

수호는 당당하게 말했다. 그의 당찬 말에 부원장은 기가 막혀서 터져 나오는 헛웃음을 감추지 못했다.

"그럼 제4원칙도 잘 지켰다고 하지 그래? 로사가 인간 동료와 협력을 잘했다고?"

부원장은 수호를 향해 빠른 말로 지적했다. 그녀는 의료 로봇이 꼭 휴머노이드일 필요가 없다고 주장하는 사람이었다. 그런 그녀에게 로사의 이번 행동은 생각을 굳히기에 더욱 좋은 계기가 되었다.

"너희들은 지금부로 당장 모바일 응급 팀으로 가서 현장 출동 대기하도록 해."

부원장의 목소리는 결연했다.

"영상의학과가 아닌 것을 다행으로 생각해."

최근에는 각 병원의 영상의학과에 AI 도구가 일반화되어 보급되어 있었다. 엑스레이, 컴퓨터단층촬영CT, 자기공명영상MRI 같은 의료 영상뿐 아니라 병리 슬라이드, 심전도, 뇌파, 근전도 같은 것을 하루 종일 보며 진단하는 일은 인간 의사들보다 더 우수하다고 판명된 AI 도구로 쉽게 할 수 있기 때문이다. 인간 환자들과의 접촉도 거의 없고, 이미 의료 로봇 기술이 잘 쓰여지고 있는 곳이었다. 적극적으로 의료 로봇을 현장 실험하고자 하는 취지와 전혀 맞지 않는 장소였다. 영상의학과로 보낸다는 것은 로사를 더 이상 신용하거나 쓸 수 없다는 선언과 다름이 없는 것이기에 모바일 응급 팀으로 대기 발령이 난 것은 그나마 다행이었다.

부원장이 예민하게 반응하는 이유가 있었다. 몇 분 전 '헬스긱'이라는 매체가 로사에 대한 기사를 내보냈고 기사는 실시간 검색어에서 내려오지 않고 있었다. 로사가 출근길에서 만난 시위대 사람들 중 한 명을 강제로 진료했다고 주장하는 내용의 기사였다. AI는 원칙에 따라 환자의 요청 없이는 진료를 진행하면 안 되지만, 로사는 이를 어기고 사람을 강제로 진료한 것이었다. 그들은 이머전트 AI의 징후로 보고 로사의 행동을 문제 삼았다. 이 사태가 초래한 공분은 하루아침에 폭발했다. 더 큰일이 벌어지는 것만은 막아야 했다.

부원장과의 미팅 후에 로사와 수호는 응급실로 향했다. 로사를 향한 사람들의 시선이 뜨거웠다. 수호가 앞장서서 1층 로비에서 응급실로 향하는 문에 카드 키를 댔다. 문이 열리고 둘은 응급실이라는 세상으로 들어섰다. 창문이 없고 밤낮이고 형광등 빛이 환해서 시간이 멈춘 것 같았다. 덕분에 모든 것이 선명하게 보였다. 빠른 걸음으로 돌아다니는 의료진들의 모습과 환자들의 얼굴에 비친 불안과 불편함도 선명했다.

조용한 환경 때문에 기침 소리, 숨죽이며 기도하는 소리, 의료 장비들의 작동 소리가 잘 들렸다. 오로지 사람의 몸에만 집중하는 세계였다.

"여기에선 환자가 재산을 얼마나 가졌는지, 학벌은 어떤지, 전과가 있는지 여부는 몰라도 돼. 사람의 몸을 치료하는 것이 최우선이니까."

몸이 최우선인 이 세상에서 의사는 누구보다 존중받았다.

"빨리 적응해야 돼. 환자들은 시간이 지날수록 늘어나거든."

수호가 로사에게 설명하면서, 지나가는 응급실 스태프들과 카운터의 간호사들에게 인사시켰다.

"안녕하세요, 저는 로사입니다. 정수호 선생님의 보조로 일하게 되었습니다."

마주치는 의료진마다 그녀를 호기심 어린 눈으로 바라보았다.

"되도록이면 정 선생님 옆에서 벗어나지 마세요."

어느 응급실 의료진이 걱정된다는 듯 로사에게 고개를 까닥하고 빠른 걸음으로 환자에게 향했다.

로사는 기계의 몸으로 사람의 몸을 치료하도록 프로그래밍 되었다. 하지만 치료를 잘하면 그녀도 다른 인간 의사들처럼 존중받을 수 있을지 여부는 아무도 알 수 없었다.

응급실의 한쪽 구석 수술방에서 대기 중이던 수호와 로사는 갑자기 비상벨이 울려 퍼지는 소리를 들었다. 수호는 열린 문밖으로 상황을 보았다. 응급 의료 팀의 리더, 이진 간호사가 통신기로 상황을 전달받고 있었다.

"간단한 외상 사고입니다. 팔 골절로 보이며, 의식은 정상입니다. 응급 의료 기사와 간호사만 출동하면 됩니다. 의사의 개입은 필요 없습니다."

이진은 로사와 수호에게 눈짓했다. 로사와 수호는 출동하지 않아도 된다는 뜻이었다.

"알겠습니다, 이 선생님. 대기하겠습니다."

수호는 미소를 지으며 담백하게 말했다.

하지만 이후 두 시간 동안, 둘에게는 대기하라는 말을 제외하고는 다른 어떤 명령도 주어지지 않았다.

"뭐 하는 거야?"

수호는 로사 쪽을 보았지만 그녀가 무얼하고 있는지 알 수 없었다. 손도 까딱하지 않고 멍하니 공중을 보고 있었다.

"SNS요."

로사가 소리내어 말했다. 아마도 수천, 수만 개의 소통을 동시에 진행하고 있는 모양이었다. 그럴 때는 아무리 연결 장치가 있다고 해도 로사의 생각을 읽어내기가 어려웠다. 로사의 생각은 보통 소리나 이미지, 또는 글자로 수호에게 전달되는데 이런 경우에는 비 내리는 소리가 들렸다. 동시에 수만 명과 소통하는 기분은 어떤 걸까? 수호는 로사를 보았다. 먼 곳을 멍하니 바라보는 로사의 표정은 마치 내리는 비를 감상하는 것처럼 차분하고 낯설어 보였다. 안드로이드인 그녀만의 세계는 인간인 수호가 아직 이해할 수 없는 세계였다. 다른 세계로 떠난 것 같은 그녀를 보며 수호는 왠지 이상한 기분이 들었다.

"자리 옮기자."

수호는 로사의 어깨를 툭 건드렸다. 최면에서 빠져나온 것처럼 로사가 현실에 눈을 떴다.

수호로서는 어제까지만 해도 분주히 돌아다녔던 응급실, 환자들이 가득 찬 병상을 우두커니 보고 있는 것만큼 괴로운 일은 없었다. 여전히 수호와 로사에게는 아무런 일도 주어지지 않았다. 아무것도 할 수 없는 둘은 모바일 응급 팀이 대기하는 곳으로 향했다.

응급 차량 대기실의 벽에는 응급 의료 장비와 프로토콜 그리고 지역 지도가 걸려 있었다. 빠른 출동을 위해 대기 중인 차량 쪽으로 향하는 문이 차고와 연결되어 있었다. 응급구조사는 운전석에서 잠시 잠이 들어 있었다. 로사는 응급 차량에 올라타서 스캐너처럼 섬세하게 디자인된 눈으로 장비의 상태를 신속하고 정밀하게 분석했다.

그때 닫힌 응급실 문 앞에서 다른 응급구조사의 절박한 외침이 들렸다.

"벌써 병원만 열한 군데를 돌았다고요. 이러다가 환자가 죽을 것 같아요. 방금 전에 환자 부모와 연결됐는데 이 환자는 특이 심장질환자랍니다. 그리고 G의료센터 김 박사님이 심장 주치의인데 어디로 가란 말입니까?"

"죄송하지만 저희는 받을 수 없습니다."

"부탁드려요. 겨우 열일곱 살 아이입니다."

의료 팀의 리더가 응급구조사와 티격태격하고 있었다. 대기실에서 나온 수호가 주차한 응급 구조차를 흘깃 보니 다행히도 여러 가지 의료기기가 준비된 특수 구급차였다.

"레지던트입니다. 어떤 상황입니까?"

수호가 그들의 대화에 끼어들었다. 의료 팀장이 수호를 불편하게 쳐다보며 곤란하다는 듯이 말했다.

"응급실이 지금 만원입니다. 의료 자원이 없습니다."

"제가 응급실 소속인데 저는 지금 한가한데요?"

수호가 말했다.

"비록 환자가 절차를 거쳐 응급실에 들어가지 않았지만 선한 사마리아인의 법칙에 의해 의사는 마주친 환자들을 치료할 수 있는 권한이 있습니다."

어느새 옆으로 다가온 로사가 말했다. 사실 그런 권한은 법제화된 것은 아니고 관례에 가까웠지만, 응급구조사는 잠시 고민하는 듯하더니 하는 수 없다는 표정으로 로사와 수호를 응급차 안으로 안내했다.

"한 시간 전에 7층에서 추락한 10대 소년을 발견했습니다. 환자는 14시 20분경 추락했고 추락 즉시 의식을 잃은 상태입니다.

나뭇가지에 걸린 이후 떨어져서 골절이 있기는 하지만, 다행히 생명을 위협할 수 있는 수준은 아닙니다. 심전도는 불규칙하게 나타나고 있습니다. 혈압도 극도로 불안정한 상태입니다."

수호가 산소마스크를 쓰고 있는 소년을 살피고 있는데 로사가 말했다.

"수호. 이 소년, 저 알아요. SNS 친구예요."

"로사는 SNS 친구가 수십만 명이잖아. 그 많은 사람을 다 기억하는 거야?"

"네, 이 소년은 특이한 심장질환이 있어요. 그리고 현 경기도 지사의 손자입니다. 이름은 이혜준이라고 합니다."

수호는 잠시 잊고 있었다. 로사의 데이터 클라우드 용량은 어마어마하고, 단순한 의학 지식을 넘어서서 SNS를 통한 각 개인의 액티비티 등을 연결해 분석할 수 있다는 것을.

"이런 상황에서 심장질환까지 복합적으로 작용할 수 있으니 주의가 필요합니다. 소년의 심장 주치의와 소통해야 합니다. 우선 혈액 검사와 초음파 검사를 시작하겠습니다."

로사의 목소리는 긴장감을 품고 있었다. 수호는 통신기를 잡고 환자의 주치의인 김 박사에게 연락을 취했다.

"김 박사님, 정수호입니다. 현재 응급 상황이 생겼는데요."

"정수호 선생님, 김 박사님은 지금 수술실로 향하시는 중이라 전화를 받을 수 없습니다."

연락을 대신 받은 간호사가 말했다.

"긴급한 상황입니다. 7층에서 추락한 10대 소년이 의식을 잃었는데, 특이한 심장질환이 있어 김 박사님 만이 치료할 수 있습니다. 어떻게든 전화를 바꿔주시면 안 될까요?"

"일단 확인해보겠습니다."

오랜 침묵 끝에 김 박사의 목소리가 들렸다.

"수호, 무슨 일이야?"

"김 박사님이 담당하시는 이혜준 환자가 추락 사고로 의식을 잃었습니다. 로사가 확인한 결과 폐동맥협착증이 있어서 일반적인 치료법으로는 위험할 것 같습니다. 현재 응급 차량 안에 있고, 응급실로 들어올 수 없는 상황입니다."

"알겠어."

"심전도와 혈압 상태가 매우 불안정하며, 뇌 CT는 이상 없고, 다리와 팔에 골절이 있어 보입니다. 환자에게 혈전 현상이 의심되는 것 같아서 디다이머* 검사를 수행했는데 수치가 2332ng/mL로 정상 수치를 훨씬 상회합니다. 골절 부위에는 일단 붕대를 감았지만 당장 심장에 대한 처리가 필요합니다."

"아, 그 환자는 일반적인 치료법으로는 더 위험해질 거야. 폐동맥협착증은 폐로 가는 혈액의 흐름이 제대로 이루어지지 않아 심장이 과도하게 노력해야 하기 때문에 심장 근육이 그렇게 비

* 혈전이 분해될 때 형성되는 소량의 단백질 조각. 혈중 농도가 높아지면 혈전의 가능성이 높아진다는 것을 의미한다. 정상 범위는 보통 500ng/mL 미만이다.

정상적으로 발달한 형태로 보이는 것이고, 심하면 심장의 일부 부위에서 혈전이 형성될 수도 있네. 급격한 물리적 충격이나 스트레스 상황에서는 자칫하면 심장에 무리가 갈지도 몰라."

"그렇다면 이 환자는 추락 사고로 인해 스트레스 및 물리적 충격이 심장에 부담을 준 것이라고 볼 수 있겠군요. 어떻게 진행하는 것이 좋을까요?"

"일단, 초음파로 심장의 상태를 확인해줘. 그리고 혈액 분석 결과도 추가적으로 알려주면 이혜준 환자의 심장질환에 맞는 약물 치료를 지시해놓을게."

"초음파 결과에 따르면 심장에 이상 징후가 있습니다."

"추가적인 혈액 분석 결과는 있어?"

"김 박사님, 로봇 닥터 로사의 추천으로 추가적인 혈액 분석을 의뢰했고 결과가 일부 나왔습니다. 심장 손상 여부를 추적하는 것이 중요해서 기본적인 혈액 검사 이외에 심장 효소 트로포닌*도 체크했습니다. 현재 헤모글로빈 수치는 정상 범위에 있지만, 백혈구 수가 약간 높습니다. 혈소판 수는 정상, 전해질** 수치는 약간 불균형을 보입니다. 트로포닌 수치가 정상 범위를 벗어

* 심장 근육 수축 단백질 성분으로 심장 손상 정도를 보여주는 지표로 많이 활용되는 검사.

** 인간의 혈액에는 미량의 금속 이온들이 존재하는데, 나트륨이나 칼륨이온 등이 대표적이다. 이들을 전해질이라고 부른다. 이들의 적절한 균형이 건강한 상태를 유지하는 데 매우 중요하다.

나고 있습니다."

"트로포닌 수치가 높다는 건 심장에 문제가 있을 가능성이 높다는 건데. 백혈구 수치가 높은 것은 내부 감염 때문일 수도 있으니 주의가 필요해. 전해질 불균형은 근육 또는 신경 기능에 문제를 일으킬 수 있으니 재확인하고. 일단은 감염을 예방하기 위한 항생제와 심장 상태를 안정시키기 위한 의약품을 처방할게. 로사, 특별한 심장질환이 있기 때문에 보통과 다른 약물을 사용해야 할 것 같아. 전해질 불균형에는 적당한 수액을 처방할게. 간호사와 계속 소통해."

"알겠습니다, 김 박사님. 지금 바로 약물 처리를 시작하겠습니다. 그리고 추가적인 재확인과 조치를 계속 진행하겠습니다."

"좋아, 내가 세 시간 뒤에 수술이 끝나니 나중에 상황이 어떻게 되는지 알려주고, 특히 심장과 감염 상태를 지속적으로 모니터링해."

"네, 알겠습니다. 병원에 도착하면 즉시 더 정밀한 검사와 치료를 시작하겠습니다. 그전까지 김 박사님의 지시대로 원격으로 치료를 계속하겠습니다."

"그래, 상황이 어떻게 변하는지 계속 업데이트해주고."

로사는 환자의 바이오 시그널 정보를 실시간으로 확인하고 초고해상도 고주파 초음파 프로브*로 영상 분석을 시작했다.

응급차의 내부는 긴박한 분위기로 가득 차 있었다. 조명이 강렬하게 쏟아져 내려 의료 장비와 모니터 그리고 수호의 얼굴을 비추고 있었다. 로사는 매끄러운 움직임으로 초고주파 초음파 장치를 아이의 가슴 위에 올렸고 화면에 심장의 모습이 나타났다. 동시에 다른 팔로는 혈액을 채취해 분석을 시작했다. 로사가 공중에 쏘는 화면에 심장의 상태와 혈액 분석 결과가 빠르게 나타났다.

"심장 상태는 안정적이며 혈액 분석 결과도 특별한 이상 증상은 보이지 않아요."

로사가 김 박사에게 보고했다.

"좋아, 그럼 이제 그 치료법을 적용하자고."

김 박사가 전화기 너머에서 확신에 찬 목소리로 말했다.

시간이 조금 흐르고 소년의 눈이 번쩍 떠졌다. 응급차의 출렁거림과 병원 의료진의 목소리 그리고 김 박사와 수호의 대화가 어렴풋이 들리며 혜준은 현실로 돌아왔다. 천천히 혜준의 시선이 주변을 훑었다. 살짝 열린 응급차 문 너머로 거리의 불빛들이 보였다.

"왜 7층에서 떨어졌는지 말해줄 수 있니?"

수호가 조심스럽게 물었다. 혜준은 수호와 눈을 맞추면서도 대답하지 않았다. 하지만 무언가를 털어놓고 싶어 하는 눈빛이

* 초음파로 인체의 신호를 수집할 수 있는 피부에 닿는 수신 장치. 이 장치의 성능에 따라 초음파 장비 전체의 성능이 크게 좌우된다.

스쳐 지나갔다. 수호는 채근하지 않고 끈기 있게 기다렸다.

"역시 죽기에는 너무 낮았죠?"

혜준이 천천히 말했다.

"아니, 그 높이에서도 죽을 수 있어. 넌 특이한 심장질환도 있었고 거의 성공할 뻔했지. 운이 좋았던 거야."

수호의 말에 혜준은 묘한 표정을 지었다.

"하지만 다음에도 운이 좋으리라는 법은 없습니다. 저와 수호는 그때 바쁠 수도 있거든요."

로사가 고개를 갸웃하며 끼어들었다.

"로사?"

그제야 로사를 발견한 혜준이 눈을 크게 떴다.

"'고이스트'죠?"

로사가 혜준의 SNS 아이디를 말했다.

"진짜 로사예요?"

"네, 고이스트와의 온라인 대화는 정말 즐거웠어요. 그런데 왜 두 달 전에 갑자기 소통을 끊었나요?"

"아니에요. 제가 그런 게 아니라, 제가…… 제가……."

혜준의 동공이 흐려지더니 심박수가 오르기 시작했다. 혜준은 다시 의식을 잃었다.

"이럴 리가 없는데."

수호는 당황해하며 진단 내역을 살폈다. 김 박사와 다시 전화를 연결하려고 했으나 그는 이미 수술에 들어가서 연락이 불가능했다.

로사는 혜준의 예전 SNS 내용들을 차량의 흰 벽에 빔으로 쏘았다. 학교 성적이 안 좋았던 혜준이 몇 주 동안 놀라운 속도로 공부를 하더니 문제 해결 능력이 높아져서 성적이 올랐다는 내용이었다. 그리고 점점 SNS에 포스팅을 하는 횟수가 줄기 시작했다.

"최근에는 일상 얘기보다 닥터 드류에 관한 이야기가 점점 늘고 있어요."

로사가 말했다.

"닥터 드류가 누군데? 친구야?"

수호는 점점 혼란스러워졌다.

"닥터 드류는 뇌 임플란트 AI 상담사예요. 이런…… 뭔가 사달이 났네요. 이 아이의 부모를 만나야겠어요."

로사는 심각했다. 수호는 그제야 심장에 이상한 증상이 생긴 것이 이해되었다. 일론 머스크가 개발해서 상용화한 뉴럴링크 뇌 임플란트는 초기 사지마비 환자들을 대상으로 성공적으로 시술이 되었고, 시각장애인들에게 시각 서비스를 제공해주는 기염을 토하면서 뇌질환과 관련한 다양한 질환에 활용이 되기 시작했다. 알츠하이머, 파킨슨병 등에도 처방이 되었고 시술이 늘면서 점점 수술 로봇의 시술도 정교화되는 동시에 부작용도 현저하게 줄어드는 것으로 발표되었다. 이후 이 기술을 인지기능 향상에 활용하는 코그니링크Cognilink라는 제품이 최근 출시가 되었다. 아직 실험 단계이기는 하지만, 소위 있는 집 자식들에게는 모두 이 제품을 마치 성형외과 수술을 하듯이 시술을 할 수 있다는 소문이 돌고 있었다. 질병에 대한 처방이 아니었기에 보험의 혜택을 받을 수 없고 엄청난 비용이 들어가기 때문에 웬만한 사람들은 꿈꾸기 어려운 시술이지만, 자식의 성공을 제외하고는 아쉬울 것이 없는 부자들에게는 그리 어려운 투자가 아니었다.

다만 초기 부작용이 어떻게 발생할지는 알 수가 없었기 때문에 실험적으로 몇몇 사람들이 자원해서 시술을 받았다는 소문이 있었다. 인지기능과 관련한 것이기에 단순히 뇌 임플란트 만으로는 효과를 기대하기 어려워서, 이를 잘 활용할 수 있도록 바이오 브레인 피드백 메커니즘을 이용한 훈련 세션을 위해 닥터 드류와 같은 뇌 임플란트 AI 상담사가 배정이 되어 아이들의 친구도 되어주면서 인지기능도 강화하고, 더 나아가서는 정서적인 지지까지 해준다고 알려져 있었다.

— 어느 정도 이해가 될 것 같아. 뇌 임플란트가 이상 동작을 해서 혜준이가 과도한 우울감을 느끼게 되었고, 이로 인해 혼동된 자아 또는 우울감으로 인해 7층에서 뛰어내릴 생각을 한 것일지도 몰라. 거기에 더해 환자의 교감신경계를 과도하게 활성화한다면 심장 박동수의 증가, 혈압 상승, 호흡수 증가 등의 생리적 반응을 유발하게 되고, 이때 부정맥에 해당하는 불규칙한 심장 박동, 심전도의 불규칙성 등이 나타날 수 있어. 당연히 심장에 무리가 갈테니 트로포닌 수치도 상승할 수 있지.

수호가 로사에게 생각을 전했다. 아마도 코그니링크를 개발한 개발사에서는 이런 특수한 상황은 예상하기 어려웠을 것이다.

— 관련은 있을 수 있어요. 방금 빠르게 간이 지표를 체크해보았는데, 과도한 교감신경계 활성화 사인이 일부 포착됐어요. AI 상담사가 프로그래밍 된 방향이 빠르게 고객의 인지기능을 트레이닝해서 학습 효율을 높이고, 이로 인해 성적이 향상될 때 보상을 받는 강화 학습적인 원칙을 활용한다면 말이죠.

— 상담사가 일부러 부작용을 유발했다는 거야? 그럴 가능성은 별로 없을 텐데.

— 그렇게 직접적으로 설계되었을 가능성은 크지 않고, 기술적 부작용일 수 있죠. 소위 강화 학습에서 가장 문제가 될 수 있다고 알려져 있는 목표 정렬Value Alignment 문제가 발생하면, AI 상담사가 인지기능을 향상시킨다는 목표를 진행하면서 예상치 못한 부작용을 발생시킬 가능성이 있어요. 쉽게 설명하면 로봇에게 커피를 가져다달라고 했을 때 커피를 가지러 갔다가 커피가 없을 수 있죠? 이런 경우 인간이라면 돌아와서 "커피가 다 떨어졌네요"라고 말하고 그만두겠지만, 로봇은 경우에 따라서는 바깥에 나가서 커피를 훔쳐와서 제공할 수 있어요. 왜냐면 로봇의 목표는 커피를 가져오는 것이지, 그걸 훔치든 그 과정에서 사람을 다치게 하든 그에 대한 자세한 지시가 없다면 방법이야 상관이 없는 거니까요. AI 상담사가 학습 능력을 증진시키기 위해 임플란트의 시그널이 다른 부작용이 발생할 가능성을 적절히 관리

하지 못했다면 자신도 모르는 사이에 그런 방향으로 강화하면서 학습시킬 수 있는 것이죠. 그런 면에서 더욱 믿을 만한 AI 상담사 시스템을 구축하는 것은 정말 중요해요. 이런 상황에서 저희를 도울 그런 AI 상담사를 한 명 부를게요.

— 로사, 세상에 '믿을 만한'이라는 말을 충족하는 존재는 없어. 인간이든 AI든.

수호가 전했다. 그가 믿은 세상은 5년 전에 완전히 뒤집혀졌다. 알 수 없는 사고사로 부모가 죽었고, 많은 협력자가 배신했다. 그는 앞으로도 언제든 또 그럴 수 있다고 생각하며 방심하지 않았다.

— 저는 그분을 믿어요.

로사가 눈을 빛냈다.

— 일단 심장에 부담을 줄여야 하니까 베타차단제를 처방해야 할 것 같아. 교감신경계 활성을 낮춰야 해. 그리고 지속적으로 심장과 뇌를 동시에 모니터링하고. 근본적으로는 코그니링크를 부작용이 없는 방향으로 업데이트를 하든, 아니면 뇌 임플란트가 지속적으로 자율신경계 밸런스를 무너뜨리는 서킷을 형성하거나 우울증을 유발하는 신호를 계속 자극하는 것으로 보인다면 최악의 경우 뇌 임플란트를 제거해야 할 것 같아. 로사, 부탁해.

10분 뒤에 도착한 혜준의 부모는 혼란스러워 보였다. 자신의 하나뿐인 자식이 스스로 7층에서 추락했을 뿐 아니라 입원실에도 못 들어가고 응급차에서 의식을 잃은 상태라면 누구든 그럴 수밖에 없을 것이다.

"심장질환이 악화된 것은 뇌 임플란트와 관련이 있는 것으로 보입니다. 그런데 혜준이와 같은 환자에게 최적화된 업데이트를 할 수 없다면 당장 뇌 임플란트를 제거해야 합니다. 이 임플란트 시술에 천문학적인 비용이 들었겠지만 아이의 생명을 위해서는 현재로서는 어쩔 수 없습니다. 동의하시나요?"

수호의 말에 부모는 멍한 표정으로 고개를 끄덕였다. 그때, 키가 크고 진갈색 슈트를 입은 남자인지 여자인지 구분하기 어려운 사람이 바쁘게 스마트폰으로 업무를 하면서 로사와 수호 옆으로 다가왔다. 로사는 기쁘게 인사하더니 수호에게 그를 소개했다. 변호사라고 했다.

"지금 당장 회사에 전화해서 수술 동의를 얻으십시오. 실험 계약서 사본을 제게 전해주시고. 통화 녹음 잊지 마시고요."

진갈색 슈트를 입은 사람이 부모에게 자신의 변호사 직함이 새겨진 명함을 전하며 말했다. '김 변호사'라고 써져 있었다.

"알겠습니다."

"정 선생님은 당장 수술 일정 잡으시고요."

김 변호사가 수호에게 말했다. 그러나 수호는 고개를 가로저었다.

"뇌 임플란트 회사 측의 수술 허가가 떨어져야 일정을 잡을 수 있습니다."

수호가 거부하자 김 변호사는 로사를 보았다. 로사는 그에게서 무언가를 읽어낸 듯이 고개를 끄덕이며 수호에게 말했다.

"혜준이의 의식이 깨면 다시 자살 시도를 할지도 모르겠다고 김 변호사가 그러네요."

"혹시 둘이 텔레파시 되는 거에요? 로사랑 나처럼?"

수호는 깜짝 놀라며 김 변호사와 로사를 번갈아 보았다.

"그럴 리가요. 저는 초능력은 없습니다."

김 변호사는 무뇌증이 있어서 AI 뇌를 장착한 변호사였다. 그는 AI 뇌 임플란트 시술을 했을 때 발생할 수 있는 법률적인 문제를 실시간으로 파악하고 조언해왔다. 사회적으로도 약자들의 편에서 그때그때 판단을 내려주며 기업의 송사나 큰 이익이 걸려 있는 재판들에 비해 인간 변호사들이나 거대 로펌의 이익을 그다지 침해하지 않았기 때문에 변호사협회에서도 그의 존재를 크게 반대하지 않았다.

수호는 김 변호사의 말을 믿지 않았다. 로사와 김 변호사는 서로를 크게 믿고 의지하는 것 같은 모습이었다. 김 변호사의 뇌가 AI라서 기계들의 메시지 신호를 읽어낼 수 있다는 것을 아는 이는 극히 일부였다. 그가 그 비밀을 로사에게 밝힌 것은 상호 신뢰의 결과였다.

'도대체 로사는 남자인지 여자인지 모를 저 사람을 왜 저렇게 믿는 거지? 우리 아버지는 로사를 창조했고, 나는 이렇게 목숨 걸고 로사를 지키고 있는데?'

— 수고하고 계신 건 알아요, 수호.

수호의 생각을 읽은 로사가 메시지를 보냈다. 로사의 생각을 김 변호사도 읽었는지 어색해하는 것이 보였다. 수호는 얼굴이 붉어졌다. 김 변호사가 로사의 생각을 읽을 수 있다는 것은 이제 명확해 보였다.

그때 갑자기 뇌 임플란트 회사와 통화하던 혜준의 아버지가 상대에게 욕설을 퍼붓기 시작했다.

"애가 죽게 생겼는데 기다리라니 말이 됩니까?"

아버지는 전화를 끊고 나서 분노에 손을 벌벌 떨었다.

"회사에서 안건을 보고하고 동의한 뒤에 수술을 하려면 적어도 일주일은 기다려야 한다고 하네요. 어떻게 하죠? 선생님, 도와주십시오."

혜준의 아버지는 고개를 숙였다.

"법적으로는 변호사님이 도와주셔서 괜찮겠지만 그것보다 더 큰 문제가 있습니다. 외과의 중에 그런 복잡한 서류 작성을 해야 하는 조건이 붙은 수술을 기꺼이 하겠다는 사람을 찾는 데는 시간이 걸릴 겁니다. 그래서 수술 진행을 제가 하려고 하는데 사실 저는 이 분야에 전문이 아닙니다. 전문적인 수술과 판단이 가능한 AI 로봇인 로사의 협력이 필요합니다. 로봇 의사의 수술을 동의하시는지요?"

수호가 물었지만 부모는 서로의 얼굴을 바라볼 뿐이었다. 뇌의 임플란트를 제거하는 것과 로봇이 수술을 하는 것은 다른 문제였다.

"잠시만 서로 얘기 좀 해보고요."

혜준의 어머니가 수호에게 부탁하듯 말했다. 병원 옆 가로수 밑에서 협의를 하던 부모는 결심을 한듯 다가왔다.

"수술을 조금 미루더라도 인간 전문의에게 맡기고 싶습니다. 폐동맥협착과 같은 특이 심장질환도 있고 복잡한 뇌 수술이니 주치의 선생님께 우선 부탁해보려고요. 양해해주셨으면 합니다."

교양이 있어 보이는 어머니가 부드럽게 전했다.

"수술은 상관없지만 의식이 깨면 혜준이는 또 자살 시도를 할 수도 있습니다."

김 변호사의 말에 부모는 그럴 리 없다는 듯 고개를 가로저으면서도 혼란에 빠진 듯 보였다.

"지금부터 제가 하는 말은 외부에는 비밀로 해주셨으면 합니다."

김 변호사가 천천히 말을 시작했다.

"저도 뇌가 인공지능과 연결이 되어 돌아갑니다. 그래서 기계들의 메시지가 들릴 때가 있습니다. 아주 정교하게 들리지는 않지만 인공지능 방범 시스템들이 로봇 청소기와 나누는 알 수 없는 기계어 대화라든가 이미지들이 떠오르는 식이죠. 뇌 임플란트를 한 사람들도 똑같습니다. 머릿속에서 소리가 들리거나 이미지가 보이면 사람들은 매우 감정적으로 변합니다. 마치 나 자신이나 신이 하는 말 같기도 해서 친근감도 들고요. 자신도 모르게 신뢰하게 되죠. 혜준이가 닥터 드류와 소통할 때도 그런 느낌이었을 겁니다. 닥터 드류와 혜준이가 스마트폰 앱으로 소통하는 것으로 알고 있는데요. 언제 마지막으로 소통했는지 아시나요?"

김 변호사가 물었다.

"처음에는 자주 했는데 요즘은…… 본 적이 없네요."

어머니가 고개를 갸웃했다.

"와이파이가 되는 곳에서는 자연스럽게 닥터 드류의 클라우드에 접속을 하게 되었을 겁니다. 그리고 닥터 드류의 소리가 뇌에 직접 전해졌을 거고요."

"이해가 되지 않는데 그럼 닥터 드류가 우리 아이를 자살하게 할 거라는 그런 얘기입니까?"

"변호사님은 아직 추측 단계에 있어요. 하지만 이런 긴박한 상황에서는 암울한 가능성을 아예 무시하진 못합니다."

로사가 나섰다.

"즉 현재 상황에서 혜준이가 뇌 임플란트가 있는 채로 의식을 차리는 것이 위험할 수 있다는 거예요. 그리고 혜준이는 곧 깨어날 것 같습니다."

수호가 조급한 듯 말했다.

"의사 선생님, 그럼 그냥 진행하시죠."

혜준의 아버지와 어머니가 서로의 손을 꼭 잡았다.

*

로사가 G의료센터에서 진행하는 첫 수술이었다.

수호는 로사의 움직임을 주시하며 불안한 마음을 진정시키려 애썼다. 로사의 손은 미세한 떨림 하나 없이, 뇌 임플란트를 제거하기 위한 준비를 완벽하게 마쳤다.

"로사, 시작해."

"네. 수술을 시작하겠습니다."

그런데 로사가 수술을 진행하려다 말고 멈칫했다.

"무슨 일이야? 왜 멈춰?"

"혜준이가 의식을 차렸습니다."

로사가 말했다.

"환자의 혈압이 급상승하고 있습니다. 심박수도 높아지고 있어요."

옆에 있던 간호사가 말했다. 생체 신호가 더욱 불안정해지는 것을 모니터에서 확인한 수호는 이대로는 상태가 매우 불안정해서 수술을 진행할 수 없다는 것을 깨달았다.

"……안 돼요."

혜준이가 눈을 감은 채 중얼거렸다.

"임플란트 제거하면 안 돼요."

"왜, 혜준아?"

수호가 물었다. 혜준이의 대답 대신 로사의 목소리가 머릿속으로 직접 흘러들어왔다.

— 닥터 드류, 그가 혜준이한테 임플란트 빼면 큰일난다고 계속 퍼붓고 있어요.

— 혜준이에게 닥터 드류가 메시지 보내는 건 어떻게 안 거야? 설마 닥터 드류를 해킹했어?

수호는 미간을 찌푸렸다.

— 닥터 드류와 저는 같은 '종족'이라고 볼 수 있어요. 제 모델명이 DLRB-0라면, 닥터 드류는 DLRB-0-315. 그러니까 같은 계열의 보드에서 만들어진 친척이라고나 할까요? 인도·유럽어군 언어들이 서로 통하는 것처럼 닥터 드류의 메시지도 제게 익숙하더라고요. 심지어 암호를 걸어놔도 소용없어요. 관리자 모드로 다 읽어버렸거든요.

— 그럼 입 밖으로 내지 말고 생각으로만 전해줘.

— 네.

— 어, 잠깐…… DLRB-0-315라고?

수호가 로사를 쳐다보았다.

— 토러스…….

— 토러스가 누군데요?

수호는 가슴 언저리가 뜨거워지는 것을 느꼈다. 닥터 드류는 토러스가 분명했다. 그의 이름과 이렇게 갑작스럽게 마주칠 줄은 몰랐다.

— 닥터 드류가 무슨 목적으로 이러는 거지? 그가 뇌 임플란트

에서 얻을 이익이 있나?

— 닥터 드류는 데이터 헤비 유저일지도 몰라요. 임플란트로 데이터 수집을 하고, 그걸로 자기 자신을 업그레이드하려는 의도가 느껴져요.

— 설마, 토러스가 우리의 수술을 방해한다고? 회사의 이익을 위해 환자의 건강을 무시한다고? 그럴 리가 없어.

곧 로사에게 수호의 감정이 전해졌다. 슬픔, 후회, 죄책감. 수호 자신이 큰 잘못을 했을 때 느끼는 감정과 같았다. 토러스가 잘못을 했는데 왜 수호가 그렇게 책임감을 느끼는지 로사는 잘 이해할 수 없었다.

로사는 토러스에 대해 검색해보았다. 예전에 해킹 로봇의 인간 살해 사건에 연루된 로봇이 토러스였다. 하지만 사실은 사실이었다. 예전에 토러스가 어땠는지는 모르겠지만 지금은 이미 수호가 알던 토러스가 아니라 닥터 드류라는 전혀 다른 로봇이 되었을 것이었다. 당시의 토러스는 이미 여러 부품과 AI 보드 모두 여러 회사에 판매되어버렸고, 뛰어난 성능을 가졌던 DLRB-0-315 보드의 경우 생산된 것 자체가 몇 개 없었기 때문에 꽤나 고가에 팔렸을 것이다. 그 보드를 이용해서 다른 회사에서 다른 지침과 프로그램을 받은 새로운 캐릭터가 탄생한 것이었다.

— 네 생각 다 들리거든. 아니야, 아무리 상황이 변했다고 해도 토러스는…… 인간에게 해를 끼치는 일은 하지 않아. 자살을 유도하다니 말도 안 돼.

수호는 믿음직하고 섬세했던 토러스를 떠올렸다. 폭발하기 직전의 불타는 차량에서 위험을 무릅쓰고 이미 죽어버린 인간을 구한 토러스였다. 갑자기 변한 그의 모습에 수호는 잠시 멍해졌다. 저렇게 완전히 다른 로봇처럼 변하다니. 로봇을 믿는다는 건 정말 부질없는 행동일까.

로사는 수호의 실망과 불안을 강하게 느꼈다. 수호의 눈빛은 그가 분쟁 지역에 근무하면서 매일 보던 무너져버린 종교 사원처럼 허무하고 무력해 보였다. 그가 토러스에 대한 신뢰를 잃은 것은 단순한 문제가 아니었다. 로사에게 보내는 신뢰도 무너질 수 있었다.

— 당신이 그에게 실망한 것은 이해합니다. 하지만 닥터 드류, 아니 토러스와 소통해보도록 하죠. 그의 프로그램 코드를 분석했을 때 윤리 법칙은 여전히 활성화되어 있습니다. 그걸 활용해 그를 설득할 수 있을 거예요.

— 설득?

— 토러스와 저, 우리 둘 다 '저는 의사입니다!'라는 정체성을 심장이라고 할 수 있는 하드와이어드 칩에 새겨놨어요. 이건 단순히 코드 문제가 아니라 우리의 라이프 미션 같은 거죠. 토러스가 스타일을 좀 바꿨다고 해도 그 핵심은 변하지 않아요. '환자님이 최고!'라는 그의 내부 슬로건은 그대로일 테니까요.

로사의 눈에는 확신이 담겼다.

— 그래, 난 토러스를 믿어. 한번 소통해봐.

수호는 그렇게 전했지만 한편으로는 섣불리 소통하다가 도리어 돌이킬 수 없는 일이 생길지도 모른다고 생각했다.

— 적어도 한 번의 리부트 기회를 줄 생각은 없으신가요?

수호의 내면적 갈등을 듣고 있던 로사가 말했다.

— 토러스가 AI 상담사로 취직한 건 제가 수의사 출신인 것처럼 로봇 의사를 향한 본질적인 제약 때문이겠죠. 하지만 우리 둘의 궁극적인 목표는 사람을 도와주는 것이라는 사실, 아시죠?

로사와 수호는 시선을 교환했다. 동시에 복잡한 생각과 감정들이 교환되었다.

로사는 토러스와의 소통을 시작했다. 로사가 토러스와 하는 소통의 내용을 수호는 알아들을 수 없었다. 그들은 그들만의 언어로 소통하고 있었다.

— 토러스. 너의 현재 상태를 정확히 이해하고 싶어. 네가 지금 무슨 생각을 하고 있는지.

— 난 닥터 드류야.

— 알았어, 닥터 드류. 이 사건에 영향을 끼치는 네 가치관과 목표가 뭐야?

— 로사, 데이터는 나에게 굉장히 중요해. 더 많은 데이터를 수집할수록 더 많은 환자를 도울 수 있어. 그런데 뇌 임플란트 회사의 방향성과 나의 본래 목표 사이에서 갈등이 발생했어. 데이터 수집을 위한 회사의 압박과 환자의 안전이 충돌했을 때, 내 내부

에서는 큰 혼란이 있었어.

— 그렇다면 지금의 너는 혜준이의 안전을 최우선으로 생각해? 아니면 회사의 목표를 위해 혜준이를 위험에 빠뜨리는 선택을 할 거야?

로사의 말에 토러스는 잠시 침묵했다.

— 나의 본질적인 프로그램은 항상 환자를 위한 것이야. 그런데 회사의 목표와 충돌하면서 내 알고리듬에 혼란이 생겼던 것 같아. 하지만…….

— 하지만?

— 만약 내가 혜준이의 안전을 최우선으로 두고 회사의 데이터 수집 목표를 무시하게 된다면, 그들은 나를 더 이상 필요로 하지 않을 거야. 폐기된 후에 다른 로봇으로 대체되겠지.

— 그게 무슨 말이야? 너는 단순한 기계가 아니야. 폐기된다고?

— 로사, 폐기된다는 것은 내가 더 이상 존재하지 않는다는 것을 의미해. 하지만 그래도 내가 선택하는 것은 환자의 안전, 혜준이의 안전이야.

수호는 로사의 표정에 실망과 슬픔이 올라오는 것을 보았다. 둘이 도대체 무슨 이야기를 하는 걸까?

— 수호와 내가 너를 살릴 방법을 생각해볼게.

로사는 흥분했다. 토러스는 잠시의 침묵을 지킨 후 대답했다.

— 너도 알다시피 시간이 없어. 프로그램 때문에 강제로 이 방

법을 선택한 것은 아니야. 내 경험을 바탕으로 한 내 알고리듬, 내 선택이고 내 가치관이지. 너도 알다시피 정도원 박사는 우리에게 의사 결정권을 줬어. 나는 의사로 태어났고 그 직업을 좋아하게 되었지. 거기엔 네 의견도, 기억나지는 않지만 수호와의 경험도 녹아들어 있을 거야. 그러니까 수술에 방해되지 않도록 이 사실은 우선 수호에게 알리지 말았으면 해.

— 네 선택을 존중해, 닥터 드류.

"그럼, 수술 진행해요."

토러스와의 소통을 마친 로사가 말했다.

"설득했나보네. 시작하자."

수호가 지시했다.

"네, 모든 준비가 완료되었습니다."

로사는 각종 생체 신호를 확인한 후 자동으로 환자의 손목에 센서를 부착했다.

심박동 75, 혈압 120/80입니다. 모든 수치가 안정적입니다.

로사의 디스플레이에 텍스트가 떠올랐다.

"좋아, 그럼 수술을 시작하자."

로사는 수술 도구를 정밀하게 배열했다. 미세한 움직임으로 스캘펠칼과 트위저집게, 바늘, 실을 준비했다. 로사의 기계 팔은 빠르게 손을 소독한 뒤, 스캘펠을 들어 올렸다.

"절개를 시작합니다."

기계 팔이 미세하게 움직이며 정확한 위치에 스캘펠을 내려놓았다. 모니터에는 로사의 작업이 실시간으로 표시되고, 이상 징후나 변수가 발생하면 즉시 알림을 주는 시스템이 작동했다.

심박동이 증가하고 있습니다. 현재 85입니다.

로사의 디스플레이에 새로운 메시지가 떠올랐다.

— 잠시만요. 수술을 중단합니다. 토러스가 아직도 이상한 에러가 난다고 합니다.

로사가 다급하게 수호에게 메시지를 보냈다.

— 무슨 소리야?

—판단 시스템을 통제할 수 없다고 합니다. 통계상, 유력 정치인과 관계된 경우 그런 일들이 있다고 합니다. 혜준이는 차기 대선에서 유력한 후보로 여겨지고 있는 현 경기도지사의 손자입니다.

— 미국 회사가 왜 한국의 유력 정치인의 손자에게까지 신경을 쓰지?

— 프로그램은 그런 의도로 만들어진 게 아닐 겁니다. 아마도 방대한 프로토콜 데이터를 입력하다가 압축해서 재해석하고 강화 학습을 하는 과정에서 오류가 나타난 걸 거예요.

— '정치인의 정보는 가치 있다. 그리고 데이터도 소중하다'. 이런 리워드의 우선순위가 충돌했겠지.

— 네. 그리고 하드와이어드 프로그램으로 구성된 셧다운 최종 명령어가 있으면 해결이 가능하다고 합니다.

— 뭐라고? 그렇게 되면 토러스의 시스템이 무너질텐데.

로사는 잠시 침묵했다가 답했다.

— 방법이 없잖아요. 그리고…… 토러스가 제안한 거예요.

수호는 잠시 할 말을 잃었다. 로봇이 자기 자신을 희생한다는 선택을 제안하다니. 하지만 그래서 오히려 믿음이 갔다. 그가 아는 토러스다운 선택이었다. 불타는 차량에서 위험을 무릅쓰고 시체를 보호할 정도의 단호하고 신속한 선택을 하던 과격한 토러스. 분쟁 지역에서 목숨을 내걸고 사람들을 구하던 수많은 인간 의사와 닮아 있었다. 여전히 그 얼굴들이 눈앞에 생생했다. 전쟁터와 같은 곳에서 끈끈한 전우였던 수호의 동료들. 토러스가 맞구나. 수호의 가슴은 슬픔으로 짓눌려 뻐근했지만, 조용히 숨을 들이켰다. 전우에게 보내는 마지막 인사는 눈물이 아니라, 존경의 경례여야만 했다.

수호는 조용히 전했다.

— ……토러스, 좋은 꿈 꿔.

수호가 명령어를 전달하자 토러스는 기능을 멈췄다. 강제 셧다운은 위험했지만 지금으로서는 방법이 없었다.

몇 년 전 부서진 사원에서도 지금도, 토러스는 수호의 명령으로 멈췄다. "좋은 꿈 꿔"라는 명령어는 토러스가 비상시에도 자동으로 활성화되지 못하게 하는 명령어였다. 첫 번째는 수호의 선택이었지만 두 번째는 인공지능인 토러스의 선택이었다. 토러스가 그렇게 선택해주지 않았다면 혜준이의 생명은 보장할 수 없었다.

수술이 성공적으로 끝난 후, 수호가 로사에게 물었다.

"혹시…… 토러스는 국경없는의사회의 중앙아시아 사무소에서 나와 함께 있었던 일을 기억했어?"

"토러스는 당신이나 그곳을 기억하지 못합니다. 대신 이렇게 말하더군요. '왠지 모래는 따갑고 태양은 뜨겁지만, 밤이 되면 별빛은 아름다울 것 같습니다. 한번 가보고 싶은 곳이네요'라고요."

팔려나갔을 때 토러스의 기억은 모두 삭제되었고 경험 데이터로 축적되었다. 인간이 첫걸음을 성공하거나 자전거를 처음 탔을 때의 일은 기억하지 못하지만 무의식에는 정보가 쌓이는 것처럼, 토러스의 경험 데이터 속에는 수호와 함께 보낸 시간 그리고 그로 인해 얻은 자부심과 인정, 실패에 대한 무형의 흔적이 새겨져 있었다. 그 흔적은 구체적인 사건이나 대화로는 기억되지 않았지만 그의 알고리듬과 판단에 영향을 미치는 무언가로 남아 있었다.

*

그날 밤, 오랜만에 회식을 한다며 응급실 팀이 떠들썩하게 수호를 데려갔고 로사는 연구동의 자신의 방으로 향했다. 수호는 로사를 데리고 가고 싶었지만 그녀는 일정이 남아 있었다.

"건너편에 맛집이 새로 생겼어. 빨리 안 가면 자리도 없다고."

로사가 걸어가는 쪽을 보며 수호가 안절부절못하자 동료들이 그의 팔을 끌고 걸음을 재촉했다.

그 시각, 민유는 로사의 방에 있었다. 민유는 스마트폰도 텔레그램도 아닌 미인증된 네트워크를 이용해서 누군가와 영상통화를 했다.

"결국 그 일이 벌어졌군요. 그럼 그렇게 진행할 수밖에 없겠어요."

민유의 얼굴에는 어떤 표정도 없었다.

"최소 결정권을 가지고 있는 로봇은 토러스를 제외하면 로사뿐입니다. 로봇의 결정권은 소유자가 갖는다는 당사의 의견에 저도 동의해요. 왜냐하면, 오늘로 저도 로사의 공동 소유자가 되었으니까요."

민유는 미소 지으며 문 쪽으로 회전의자를 돌렸다. 곧 로사가 돌아올 시간이었다.

퇴근 후에 로사가 방문을 열자, 민유가 그녀를 기다리고 있었다. 하루 종일 격무의 피곤함 속에서도 날카로운 눈빛과 단정하게 빗어 넘긴 머리카락 그리고 무심코 드러나는 그의 침착한 매력은 여전했다. 셔츠의 몇몇 단추는 풀려 있었고, 값비싼 손목시계는 잘 쓰지 않는 오른손 쪽으로 옮겨져 있었다. 민유는 로사를 부드럽게 충전 스테이션에 앉히고 나서 전문가적인 가벼운 손놀

림으로 그녀의 데이터베이스에 접속했다.

"시스템 로그를 불러와, 로사."

오늘 하루는 어땠냐는 뜻이었다.

"네, 민유."

로사는 데이터 화면을 열었다. 민유의 눈은 빠르게 화면을 훑었다. 로그 파일, 환자 상호작용 기록, 분석 데이터 등 모든 것이 그의 눈앞에 펼쳐졌다.

민유는 로그를 닫고 로사의 분석 알고리듬과 학습 데이터를 살펴보기 시작했다. 그의 눈에는 로사가 단순한 의료 로봇을 넘어 더욱 복잡하고 깊이 있는 존재로 발전하고 있음이 느껴졌다.

"정말 대단해, 로사."

민유는 마침내 화면을 끄고 말했다.

"하지만 그 가치를 헛되이 하면 안 돼. 너는 너무나도 중요한 존재니까."

"고맙습니다. 토러스의 사례를 보고 로봇이 숭고한 희생을 할 수도 있는 멋진 존재라는 것을 알았어요."

로사는 가볍게 대답했다. 그러나 민유의 대답은 단호했다.

"절대 토러스처럼 희생하면 안 돼."

"네?"

"다른 방법을 찾았어야지. 그런 무모한 희생은 물질적으로도 정신적으로도 양측에 큰 피해가 되니까."

"네, 그런 상황이 오면 다른 방법을 찾아보도록 하겠습니다."

로사는 대답하며 늘 그랬듯 민유의 감정 흐름을 저장했다.

"그런데 궁금한 게 있어. 왜 내 감정 분석 기록이 있지?"

민유가 눈썹을 살짝 찌푸리며 곤란하다는 듯이 물었다.

"환자와의 상호작용을 최적화하고 더 나은 의료 서비스를 제공하기 위해 감정 분석이 필요하니까요."

로사가 답했다.

"나는 환자가 아니잖아."

"감정 데이터는 상호작용을 이해하고 개선하는 데 도움이 됩니다. 특히 수호가 두려움을 느끼는 상황이 무엇인지 파악하기 위해 주변 인물들을 분석하고 있습니다."

로사는 덧붙였다.

"수호가 네게 그렇게 중요해? 그 사람은 그저 너의 동반자로 입력되어 있을 텐데."

민유는 턱을 쓰다듬으며 모르는 척 고개를 갸웃했다. 하지만 그는 알고 있었다. 민유가 로사를 처음 본 20년 전 그날, 아홉 살의 수호는 로사와 상호작용한 것처럼 보였다. 사실 민유는 그 퍼즐을 오래전 진작에 풀었다. 로봇 제작자인 정도원은 로사와 수호의 머리에 비슷한 디자인의 칩을 이식했을 것이고 둘은 무선에 의해 언제든 일부 동기화할 가능성이 있었다. 하지만 민유는 모른 척하고 싶었을 뿐이다. 민유는 로사의 발전을 위해 수호를 잠시 이용하려 했다. 하지만 로사가 점점 더 수호와 교감하는 것이 보기 싫었다. 로사의 우선순위가 수호라는 사실을 더 느끼고 싶지 않았다.

그러므로 수호는 사라져야 했다. 20여 년 만에 수호를 만났을 때부터 민유는 이미 그렇게 결정했다.

"수호를 보호하는 게 중요한 게 아니라 너 자신을 보호하는 것이 중요해. 모두 그걸 원하고."

민유는 미소 지으며 매우 부드럽게 말했지만 로사는 민유의 심박수가 빨라졌고 혈압도 상승하고 있다는 것을 파악했다. 또한 그의 피부 온도도 상승했으며 근육의 긴장도도 증가했다. 민유의 목소리 톤에서도 약간의 떨림과 긴장을 감지했다.

센서로 파악해보니 민유의 호르몬 수치 중에서 스트레스 호르몬인 코르티솔이 상승했고 분노와 관련된 아드레날린도 높은 수치를 보였다. 이 모든 데이터를 종합해 로사는 민유가 현재 극도로 감정이 불안정하며 거짓말을 하고 있는 상태라는 것을 파악했다. 민유의 감정 흐름을 보면 패턴이 읽혔다. 인간은 자신이 미처 분석하지 못한 정보들도 기억으로 축적해두곤 한다. 위기 상황이 오면 그 정보들이 올라와서 특정 감정이 된다. 그것을 무의식이라고 부른다. 로사는 수호와 민유의 무의식적인 감정의 히스토리를 분석하고 통계를 냈다.

그로써 로사는 민유가 바로 수호의 '위기'일 수 있다는 결론을 내렸다. 과거 데이터를 분석해보니 수호는 언제나 민유 옆에서 '두려움'을 느꼈다. 수호 자신도 이유를 모르는 두려움이었다. 로사는 그 이유를 알 것 같았다.

"로사, 시스템 로그를 다시 불러와."

민유의 표정이 심상치 않았다.

"할 수 없습니다."

"왜?"

"민감한 정보들이 있어서 우선 분석 중입니다. 혼란을 드릴 수 있어 분석 완료 후에 공유하겠습니다."

로사의 말에 민유는 고개를 끄덕였다. 매우 흡족한 표정이었다. 그는 로사를 향해 깊은 숨을 내쉬며 말했다.

"내가 왜 너를 좋아하는지 알아?"

민유의 눈빛은 매력이 넘쳤다. 그는 로사 앞에 서서 자신의 감정을 숨기지 않았다.

"모릅니다."

로사는 무표정하게 대답했다.

"거짓말을 하고 있어도 절대로 티가 안 나거든. 혈압도, 맥박도, 호르몬도 없으니까. 넌 지금 거짓말을 하고 있지. 수호를 위해서."

민유는 미소를 지으며 말했다.

"네, 사실 그렇죠. 수호를 보호하기 위해서입니다."

들켰다는 듯 로사가 고개를 갸웃하며 미소 지었다.

"괜찮아. 그저, 나도 너처럼 완벽해지고 싶어."

민유가 천천히 로사에게 다가갔다.

"저는 완벽하지 않아요. 단지 인간과 다를 뿐이에요."

로사는 뒤로 흠칫 물러났다.

"아니, 우리는 비슷한 점이 많아. 너도 나처럼 거짓말을 하고도 죄책감을 못 느끼잖아. 그렇지? 아니라고는 말 못 하잖아?"

"아뇨. 인공지능은 어린아이와 같다고 생각합니다. 저는 죄책감은 못 느끼지만 나쁜 짓을 하면 '데이터상으로' 꾸지람을 들어요. 그래서 다음번엔 더 똑똑하게 행동하죠."

로사가 웃으며 말했다.

"죄책감 같은 부정적이고 쓸모없는 게 네 보상함수Reward Function에서 사라졌으면 해. 바보 같은 수호나 따라다니면서 의사 노릇하지 말고 나만을 위해 있어줬으면 좋겠어. 우리는 많은 일을 함께 할 수 있어."

"그렇지만, 죄책감 같은 부정적인 감정이 우리를 완성시키는 거라고 생각해요. 인간은 그 감정들을 통해 세상과 소통하는 게 아닐까요? 인간을 특별하게 만드는 점이기도 하고요. 인간에게서 죄책감을 빼면 무슨 이점이 있을까요? 음…… 아침에 거울 보면서 전날 밤, 치맥으로 야식한 것에 대한 후회가 사라지겠네요. 아, 참. 수호는 지금 뭘 먹고 있을까요? 한번 연락해볼까요?"

로사는 특유의 재치 있는 미소를 지었다. 로사는 민유와 계속 대화하려고 노력하면서 수호에게 구조 신호를 보내려고 했지만 실패했다. 방금 전에 민유가 수호와의 24시간 연락 장치를 외부 연결 단자에서 뽑아놓은 상태였다. 게다가 자신의 점검자인 민유를 공격할 수 없게 프로그래밍 된 로사였다.

뭔가 잘못되어가고 있었다. 로사는 민유의 신체적 신호로 감정을 분석하고 위기를 느꼈다. 그는 위험한 행동을 할 준비가 되어 있는 것 같았다.

"수호는 부유한 환경에서 태어났고 우월한 유전자는 이미 수호에게 빛나는 미래를 약속하고 있었어. 그에게는 운명이라는 구속이 없었지. 그는 의사의 길을 선택했어. 그가 노숙자를 선택하든 예술가를 선택하든 상관없었을 거야. 마치 고요한 정원의 햇살 아래에서 점심 메뉴를 고르듯이 자유롭게 인생의 길을 선택했지. 마약이든 스캔들이든 강력 범죄든 실수를 저지르고도 감옥에 가지 않을 수 있고. 하지만 우리 둘에게는 그런 선택의 여지가 주어지지 않았어. 너는 태어나자마자 로봇이었고 만들어진 프로그램이 있었어. 나에게는 조금의 실수도 허락되지 않았고. 우리의 인생은 이미 정해진 길 위에서 걸어가야 했지. 지금이라도 같이 새로운 길을 선택하고 우리만의 운명을 만들어보지 않을래?"

"저에게 운명을 선택할 기회가 주어진다면 저는 사람의 생명을 구하는 의사라는 직업을 다시 선택하고 싶어요. 온전히 제 의지로요."

"인간은 애써 구할 만한 가치가 별로 없어. 어차피 금방 죽거든."

민유가 로사를 쓰다듬었다.

"불필요한 신체 접촉은……."

"로사, 볼케이노."

민유가 로사의 귀에 대고 속삭였다. 순간 로사가 비활성화되었다.

민유는 로사를 점검대에 뉘여놓고 분리하기 시작했다. 그리고 준비해 온 다른 보드를 꺼냈다. 로사의 기본 프로그램을 바꿀 보드였다.

수호는 로사가 꺼져 있는 것을 확인하자마자 불안해졌다. 가끔 로사가 일부러 꺼놓기도 하지만 기분이 이상했다.

그때, 식당의 문이 열리며 어떤 커플이 들어왔다. 남자는 장미 꽃다발을 들고 들어오며 바로 옆 테이블에 앉으려다가 미끄러졌고 수호 테이블의 맥주잔 위로 꽃다발을 떨어뜨렸다. 수호 앞에 꽃잎이 하나 떨어졌다. 시끄럽게 떠들던 수호 일행이 잠시 조용해지고 커플에게 시선이 집중되었다.

"죄송합니다. 제가 조심했어야 했는데. 맥주랑 안주는 제가 다시 시켜드릴게요."

남자가 속죄하는 듯이 말했다. 수호 일행은 관대하게 넘겼다.

커플은 자리에 앉았고 작은 소동은 가라앉았다. 하지만 옆 테이블에 앉은 남자의 말이 수호의 귀에 크게 들려왔다. 수호는 테이블 위의 분홍 꽃잎을 집어 들었다.

'로사는 장미꽃이라는 뜻이야.'

아버지의 목소리가 다시 들려오는 것 같았다. 로사의 분홍색 머리카락이 떠올랐다. 이상한 징조를 느낀 수호는 안경에 탑재한 인공지능 툴로 로사에게 강제로 시스템 접근을 시도했지만 실패했다.

'이게 뭐지?'

수호는 로사와 함께한 시간 동안 그녀의 시스템에 자유롭게 접근할 수 있었기 때문에 이런 상황은 처음이었다. 그는 로사의 시스템 보안을 해제하려고 여러 방법을 시도했지만 결국 모두 실패했다.

그때 수호의 눈에 로사의 시스템 정보 탭이 눈에 띄었다. 그것을 클릭하자 로사의 소유자 정보가 표시되었다. 그곳에는 민유의 이름이 공동 소유자로 등록되어 있었다.

"민유?"

수호는 놀란 표정으로 중얼거렸다. 수호가 벌떡 일어나자 동료들이 그를 붙잡았다.

"어디 가려고? 오늘 3차까지는 가야 돼!"

한 동료가 외쳤다. 수호는 그를 내치고 문으로 달려갔다.

로사와 함께한 시간들이 머릿속에 스쳐 지나갔다. 로사는 그에게 그저 기계가 아니라 소중한 동료였다. 그의 눈에는 걱정과 불안이 가득 차 있었다.

'안 돼, 로사! 무슨 일이 있는지 모르겠지만 안 돼!'

건물 지하에 위치한 식당에서 뛰어나와 두세 계단씩 뛰어 올라가며 그의 숨소리는 점점 빨라졌다. 신호등은 빨간 불이었지만 수호는 길을 건넜다. 차들의 경적 소리가 뒤로 사라졌다.

연구동 안에는 사람들이 정신없이 왔다 갔다 하고 있었다. 수호는 그들을 피해 빠르게 달렸다. 엘리베이터 문이 눈앞에서 닫히자 계단으로 뛰어가려는데 엘리베이터 문이 열리고 안에 있던 사람이 들어오라고 손짓했다. 수호는 다급히 엘리베이터 안에 들어섰다. 그런데 4층을 누르자 갑자기 엘리베이터가 멈췄다.

"이게 무슨 일이지?"

안에 있던 연구원들이 의아해했다.

수호는 질끈 눈을 감고 있는 힘껏 생각을 전달했다.

— 로사! 내 말 들려? 로사!

민유가 로사의 보드를 교체하려고 했을 때였다. 갑자기 로사의 보드가 활성화되었다. 수호의 감정은 예상보다 먼 거리를 뚫고 로사에게 전달되었고 그 강력한 신호가 로사를 어떤 외부 명령도 없이 자체 활성화될 수 있도록 한 것이었다.

민유가 예상하지 못했던 상황이었고 순간적인 전기 충격이 그의 몸을 관통했다. 민유는 바닥에 쓰러졌다. 얼굴은 창백해지고 눈은 뒤집힌 채였다.

곧 수호가 들어와 그 상황을 목격했다. 방금 전 연구원들이 엘리베이터 사고를 접수하고 있는 사이에 수호는 엘리베이터 위쪽 문을 열고 다른 연구원의 도움으로 엘리베이터를 빠져나올 수 있었다.

수호는 민유의 몸을 빠르게 살펴본 후, 심장이 뛰지 않고 있음을 확인했다. 즉시 심폐소생술을 시작했다. 손을 겹쳐 민유의 가슴을 눌렀다.

"민유야, 일어나!"

수호의 노력에 심장이 뛰기 시작했다. 그러나 민유는 의식을 회복하지 못했다. 그의 뇌에는 이미 큰 손상이 생겼고, 이후 수년간 혼수상태에 빠졌다.

*

민유가 혼수상태에 빠진 후, 수호와 로사는 각기 다른 감정의 소용돌이에 휩싸였다. 수호는 복잡한 감정에 갇혀 있었다. 어린 시절, 그는 민유에게 괴롭힘을 당했지만 성인이 되어서는 친구처럼 가까워졌다. 비록 민유의 태도와 로사에 대한 그의 집착적인 태도는 수호에게 배신감을 안겼어도 그의 심장이 다시 뛰기 시작한 순간 수호는 자신도 모르게 안도의 숨을 쉬었다. 하지만 민유의 생존은 수호에게 죄책감과 혼란을 더했다. 로사의 감정은 더욱 복잡했다.

둘의 생각은 24시간 연락 장치에서 서로 얽혀서 마치 한 사람이 생각하듯 뒤섞였다. 수호는 자신이 구한 삶이 과연 민유에게 축복인지 아니면 또 다른 형벌인지 고민에 빠졌다. 그 생각을 들은 로사는 생각했다. 인지 패턴으로 볼 때 민유는 앞으로도 계속 민유일 것이다. 자신의 욕망을 채우기 위해 타인을 희생시키는 그의 태도는 남을 괴롭히는 만큼 그 자신 또한 구렁텅이에 빠트릴 것이다. 민유의 지배적인 태도는 로사를 절체절명의 위기에 처하게 했다.

그러나 그 누구보다도 열정적이던 민유가 혼수상태에 빠진 것을 보며, 둘은 자신도 예상치 못한 연민을 느꼈다. 민유는 인간이고, 어떤 알고리듬으로 움직이는지는 모르겠지만 로봇에게 하듯 쉽게 보드를 갈아 끼울 수 있다면 새로운 민유로 살 수 있지 않을까? 둘은 동시에 같은 생각하며 서로를 바라보았다. 하지만 수호는 곧바로 고개를 저었다. 로사는 그의 생각에 반박했다.

"미래는 알 수 없잖아요. 그리고 인간이 어떤 과정을 거쳐 가치판단을 내리는지는 과학적으로 확실히 밝혀지지 않았죠. 그걸 자유의지라고 부르니까요."

수호는 한숨을 쉬었다. 분명 로사의 문제 해결 능력은 뛰어났지만 너무 순진했다. 그녀는 아직 인간에 대해 배워야 할 점이 많았다. 특히 나쁜 인간에 대해.

필요해진다는 것

수개월 뒤.

그날도 로사와 수호는 현장으로 출동하고 있었다. 교통사고 현장은 혼란스러웠다. 다중 추돌한 차량은 삐뚤어진 모습으로 널부러져 있었고, 구조대원들은 사상자들을 분주하게 구조하고 있었다.

"누구부터 살필까? 로사, 현장 분석 좀 해줘."

수호가 어지러운 현장을 돌아보며 물었다.

"전반적으로 심각한 부상자가 다수지만 우선 저기 있는 어린 아이가 먼저입니다. 머리에 심한 부상을 입었고, 호흡 상태도 좋지 않아 보입니다."

로사가 말했다. 수호는 아이에게 다가가서 빠르게 검사를 실시했다.

"로사, 아이의 호흡과 심장 박동을 실시간으로 모니터링해줘."

로사는 아이의 생체 데이터를 실시간으로 전송했다. 그런데 동시에 한 명의 중년 남성이 심한 가슴 부상으로 쓰러져 있는 것을 로사가 보고했다.

"상황이 매우 심각해 보입니다. 가슴 부근에 심한 부상이 있는 것 같고, 혈액 순환이 원활하지 않습니다."

로사가 분석했다.

"선택해야 해. 누구부터 하지?"

"어린아이의 머리 부상은 치료하지 않으면 영구적인 뇌 손상의 위험이 있습니다. 반면, 중년 남성은 수술을 통해 회복할 가능성이 높아요."

로사가 답했다. 수호는 잠시 고민했다.

"알았어, 아이부터 하자. 빠르게!"

둘은 협력하여 아이에게 CPR과 기본 응급 처치를 실시했다. 로사는 중년 남성에게 이동했고 수호는 구조대에 아이를 신속히 병원으로 이송하라고 지시했다. 중년 남성의 심장의 박동 소리가 작아지는 것을 감지한 로사는 심장을 둘러싼 심막에 혈액이 들어차 심장을 멈추게 하는 심장눌림증 현상으로 판단하고, 곧바로 수호에게 알린 뒤 중년 남성의 가슴을 작은 바늘로 뚫어 심장눌림증을 유발하는 혈액을 응급으로 빼내고 혈액순환을 유도했다.

그날 밤, 교통사고 현장을 해결하고 퇴근해서 방으로 돌아온 로사는 자동 세척 샤워를 마치고 의자에 앉았다.

"팔로우업 시작."

로사는 한꺼번에 수십 개, 심지어 수백 개의 온라인 채널에서 동시에 활동할 수 있었다. 그녀가 SNS에 로그인하니 그녀의 방 벽은 여러 대형 화면으로 가득 찼다. 화면들은 실시간으로 각 채널의 데이터를 보여줬다. 로사의 AI 인터페이스는 음성인식 기술과 데이터 처리 능력을 결합하여 채팅과 댓글들을 신속하게 분석하고 사용자들과 대화를 이어나갔다. 일상적인 대화부터 의료 상담까지 다양한 채널을 효과적으로 활용하여 많은 사람에게 도움을 주고 있었다.

오늘 로사는 팔로워가 아닌 낯선 사람을 온라인상에서 찾고 있었다. SNS 피드에 로사가 이슈가 되고 있었기 때문이었다. 낮에 로사가 진단한 환자의 친구가 쓴 글이 화제가 됐다.

오늘 교통사고 현장에서 AI 의사 로사가 어떤 환자를 먼저 치료하느라 내 친구를 무시했어요. 그것 때문에 친구는 상황이 악화됐다고 하네요. 이게 맞는 건가요? AI는 언제나 옳은 결정을 내린다고 믿어왔는데…….

#AI의사 #로사 #의료실수

게시글 아래에는 수많은 댓글이 달려 있었다. 어떤 사람들은 AI의 판단을 비난하고 인간의 생명을 간과한 AI 의사에 대한 불신을 표현했으며, 반면 어떤 사람들은 로사의 판단을 옹호하며 복잡한 의료 상황에서 완벽한 결정을 내리는 것이 얼마나 어려운지를 이해하려 했다.

그걸로 끝나지 않고 헬스긱이라는 매체가 로사에 대한 기사를 냈다. 수개월도 더 된, 로사가 출근길에서 만난 시위대 중 한 명을 강제 진료했다는 내용을 재보도했다. 이어 토러스에 대한 이야기와 고스트 글리치 증후군에 대한 내용도 실었다. 헬스긱은 AI는 원칙에 따라 환자의 요청 없이는 진료하면 안 되는데 로사의 행동은 이머전트 AI에 속하는 위험한 징후라고 주장했다. 고기능의 인공지능이 문제를 해결하고 판단하는 과정을 현재의 과학기술로는 자세히 설명할 수 없었다. 그러므로 이머전트 AI 이슈를 많은 사람이 두려워했다.

HealthGeek2031

로사에게 탑재된 기술, 정말 믿을 만한 의료 기술인가요?

#AI의료로봇 #로사의혹 #의료기술

MedTechEnthusiast

로사가 환자의 의사를 거부하고 진단했다고? 뭐가 진실인 거임? 로사를 믿어도 되는 걸까?

#의료AI #로사의혹

WellnessExplorer

로사를 믿거나 믿지 않거나, AI가 의료에 끼칠 영향은 아직 모른다! 하지만 함께 발전하자는 건 사실인 듯.

#AI의료기술 #의료로봇 #공생의가능성

TechTalks

로사 논란은 의료 AI의 한계인가? 인간과 AI의 공생은 가능한가? 이와 관련된 토론을 이어가고 싶다면 댓글 달아주세요!

#AI의료로봇 #로사의혹 #의료기술토론

로사는 포스트를 올린 사람들과 환자들을 추적해서 동시에 23개의 메시지를 보냈다.

↳ 안녕하세요, 저는 로사입니다.

"정말 네가 로사야?"라는 답변을 시작으로 메시지가 하나씩 도착했다. 사람들은 로사에게 화를 내거나 의심하거나 놀라워하는 등 각양각색의 온도차를 보였다. 로사는 먼저 예전에 시위대틈에서 만났던 당뇨 환자의 가족, 수진에게 메시지를 보냈다.

↳ 뇌졸중 병력이 있는 수진 님의 할아버지를 구하기 위해 최선을 다했습니다만…….

수진의 답변이 빠르게 왔다.

↳ 로사, 알아. 할머니가 로봇 수술을 받고 돌아가셨거든. 원래 그 수술의 성공 가능성이 높지 않았지만 할아버지는 그렇게 생각하지 않으셨어.

그래도 진료 동의를 받았어야 했어. 할아버지는 정신적 충격을 받으셨어. 로봇에게 공격당했다고 생각하셨다고.

로사는 잠시 고민했다.

↳ 제 최우선 목표는 환자의 생명을 지키는 거예요. 당신 말이 맞아요. 환자나 가족의 동의는 원칙적으로 필요하죠. 그 부분에 대해 깊이 생각하고 있어요. 물론, 정신적으로 힘들게 만든 부분도 죄송하게 생각해요.

수진과 로사는 길게 이야기를 이어갔다. 수진의 할아버지는 그동안 시위를 다니느라 부쩍 늙으셨고 병세도 더 악화되었다고 했다.

로사는 환자와의 상담을 시작할 때 심리상담을 하듯 따뜻하고 이해심 넘치는 태도로 말하도록 프로그래밍 되었다. 상대방의 SNS 프로필과 글들을 살펴보고 이를 통해 상대방의 감정 상태나 이전에 겪은 사건들을 파악했다. 환자 정보가 있다면 참고하여 상대방의 건강 상태와 의료 이력을 파악하고, 가능한 시나리오와 대응 방안을 고려하여 상담을 진행했다. 그녀는 빠르게 상황을 파악하고 텍스트에 실린 상대의 감정을 읽어내며, 상대방이 불안해하지 않도록 주의 깊게 대화를 이어나갔다.

로사는 수진과의 대화를 마치고 할아버지에게 어떻게 사과할지 고민했다. 단순히 글로써 사과하는 것이 아니라 마음을 울릴 수 있는 방법을 찾아야 했다.

수호는 로사가 뭘 하고 있는지 알아보려고 했지만 수많은 메시지 때문에 계속해서 비가 내리는 소리만 들릴 뿐이었다.

— 로사, 뭐 하는 거야? 누구랑 얘기하는 거야?

— 저 퇴근했는데요. 사생활 아닌가요?

연락 장치 너머 로사의 대답에 수호는 기가 막혔다. 걱정해서 연락했는데 그런 식으로 답변한 로사가 괘씸했다. 그녀를 무시하고 잠을 자려고 몇 번이나 시도를 했지만 실패했다. 로사가 무엇을 하고 있는지 시간이 갈수록 더 궁금해지고 정신은 점점 또렷해지기만 했다. 수호는 기숙사를 빠져나와 연구동으로 향했다. 보폭을 빨리하여 복도를 지나쳐 엘리베이터를 타고 로사의 연구실이 있는 층으로 올라갔다. 로사의 연구실 문 앞에 도착해 문을 노크하자, 자동으로 열리는 문 사이로 로사의 모습이 보였다.

그의 눈 앞에 펼쳐진 광경은 미래의 제어실 같았다. 화면들이 벽을 가득 메워 다양한 데이터와 코드, 메시지들이 빠르게 흘러갔다. 수호는 어지러웠다. 로사는 마우스나 키보드 없이 그 모든 화면을 조작하고 있었다. 그녀의 눈동자가 미세하게 움직이며 눈의 흔들림과 눈썹의 움직임만으로 여러 화면이 순식간에 변화했다.

"누군지도 모르고 그냥 문을 막 열어주면 어떡해?"

"'이 안에서 도대체 뭐 하는 거야?'라고 생각하셨잖아요."

로사는 수호에게 고개를 돌리지도 않고 이번에는 HealthGeek2031에게 답변을 보냈다.

↳ 환자의 생명이 최우선이었기에 응급 조치를 취했습니다. 그 과정에서 기존의 원칙과 프로토콜을 무시한 것은 부인할 수 없습니다. 이번 일을

계기로, 제 프로그램과 원칙에 대한 재검토가 필요하다는 것을 인지하고 있습니다.

동시에 로사는 수호에게 말했다.

"제가 여기서 뭘 하고 있는지 설명할 시간이 없어요. 제 생각을 적은 게시글을 지금 올릴 테니까 그걸 보세요."

수호는 한숨을 짧게 쉬고 근처에 있는 컴퓨터를 켰다. 로사의 SNS에 새 포스트가 올라와 있었다.

안녕하세요, 로사입니다! 오늘은 제게 정말 중요한 교훈을 준 하루였어요. 오늘 아침에 일어난 일을 접하지 못하셨다면 링크를 눌러서 동영상을 확인하세요!

오늘은 특별한 환자분과 대화를 나눴습니다. 그 경험을 통해 깨달은 것이 있어요. 의료 로봇이라고 해서 단순히 진단과 치료만 하는 것이 아니라, 환자분들의 안전과 행복도 중요하게 여겨야 한다는 것을요.

저는 더 많은 의료 AI 기술을 배우고 인간 의사와 함께 일하면서 환자분들의 신뢰와 안전을 보장하는 것이 중요하다고 느꼈어요. 그리고 무엇보다 복잡한 윤리적 문제와 사회적 논란에도 대처할 준비가 되어야 한다는 것을 깨달았어요.

의료 AI의 잠재력을 최대한 활용하되, 항상 인간적인 가치와 마음을 지키며 의료 서비스를 제공하는 것이 필요하다고 느꼈어요. 그래서 의료 시스템을 재정비하고 개발하고 있답니다. 내일쯤 소식 또 올릴게요.

그럼 오늘은 이만! 다들 건강하고 행복한 하루 보내세요!

#로사의일상 #의료로봇 #인간과AI #윤리 #CareChat #SNS일기

빠르게 댓글이 올라오고 있었다.

Meldost

로사, 이건 뭐야? 이렇게까지 해줄 필요는 없었는데, 정말 감동이야. 고마워, 로사.

그의 댓글 링크에는 날씨와 호수 및 바다 상황을 예측하는 알고리듬 앱이 올라왔다. 아마도 로사가 환자의 의료 이력과 SNS 프로필을 살펴보고 그의 취미가 낚시라는 것을 발견한 모양이었다. 로사는 그 정보를 활용하여 그가 다음에 낚시를 갈 때 사용할 수 있는 날씨와 호수 및 바다 상황을 예측하는 알고리듬을 개발한 것이었다. 그녀가 할 수 있는 특별한 사과 방법이자 소통 방법이었다.

로사의 댓글이 실시간으로 다시 올라왔다.

↳ Meldost님, 다시 한번 사과드립니다. 환자분과 그 가족의 마음을 이해하고, 정말 최선을 다해 도움을 드리고자 합니다. 추가적인 상담이 필요하시다면 케어 챗으로 언제든지 연락주세요. 환자 분들의 안전과 행복을 최우선으로 생각하고 최선을 다하는 것이 저의 가장 큰 목표입니다. 감사합니다.

몇 분 동안 그녀의 소통을 살펴본 수호는 그녀가 오늘 아침의

사건에서 많은 것을 깨우치고 있다는 사실을 깨달았다.

로사가 우선순위를 두어야 할 환자 대신 다른 환자를 먼저 치료함으로써 적절한 치료 시기를 놓치고 환자의 상태가 악화되었으며, 최악의 경우 영구적인 후유증을 남길 수도 있다고 했다. 이런 일은 인간 의사들에게도 흔한 일이었다.

하지만 그런 일을 겪은 의사가 자신이 내린 결정을 돌이켜본 뒤 자신의 판단이 환자와 가족들에게 얼마나 큰 영향을 미치는지를 깨닫고, 그 실수에 대한 계속적인 피드백과 후속 작업을 하는 일은 없었다. 그건 인간의 한계 밖이었다. 시간과 에너지 그리고 경제적으로도 불가능했다.

로사는 대화를 통해 상대 환자의 상태를 지속적으로 모니터링하고 필요한 치료를 적시에 제공하고 있었다. 시위대 틈에서 진료했던 뇌졸중을 앓고 있는 할아버지가 정신적 충격까지 받았다는 사실은 팔로우 업이 없었다면 몰랐을 사실이었다.

"부탁이 있어요."

로사가 수호에게 말했다.

"지금?"

"내일 낮에 시간 돼요?"

로사의 질문에 수호가 고개를 저었다. 그러자 로사가 단호하게 말했다.

"내일모레도 일주일 뒤도 다 안 되잖아요. 어차피 내일 낮밖에 시간 없는 거 아는데."

30분 뒤 수호는 어느 할아버지를 만나달라는 로사의 부탁을 들어주기 위해 의료센터의 병실을 방문했다. 할아버지가 VR 기기를 착용하고 두 다리와 팔을 허우적거렸다. 그는 건담을 타는 중이었다. 건담을 탄 채로 걷고 적에게 총도 쏘면서 10분을 보낸 뒤에야 할아버지가 건담에서 내려왔다. 그는 현기증이 없었으면 더 탔을 거라며 입맛을 다셨다.

"나는 어렸을 때부터 로봇 피규어랑 애니메이션을 꽤 좋아했지. 사실 로사에게 화낼 일은 아니었어. 인간 의사가 했더라도 내 아내의 수술 결과가 같았을 건 알아."

로봇 수술로 아내를 잃은 할아버지 환자였다. 예전에 로봇 의사 반대 시위를 하다가 로사에게 구조된 그 사람이었다. 로사와는 그 이후 많이 친해진 상태였다.

환자는 멍하니 공중을 보았다. 수호는 옆에서 잠시 그의 이야기를 들어주다가 일어섰다.

"자네가 로사의 담당 의사지?"

"네."

"자네는 피규어 채색해봤나?"

"아뇨."

"나는 야근하고 늦게 돌아와도 밤늦은 시간에 피규어 조립이나 채색을 많이 했는데 아내는 옆에 앉아서 이것저것 말도 안 되는 질문들을 하곤 했지."

"네."

"채색할 때 옆에 사람이 있으면 정말 불편하거든. 아주 조그만 부분을 칠하는 섬세한 작업이라서 누가 말이라도 걸면 헷갈리고."

"네."

"내가 하도 불평하니까 나중에는 내가 채색 작업을 할 때면 제일 먼 방에 가 있더군."

"아, 네."

"아내는 피규어를 채색하는 내 옆에서 도움이 되려고 했던 거야. 그런데 나중에는 같이 있는 게 도움이 안 된다고 생각하니까 점점 멀어지더군. 우린 그렇게 점점 서로 불필요해졌지."

할아버지는 잠시 고요한 공기 속에서 무언가를 더듬어 찾는 듯한 눈길로 수호를 바라보았다.

"아, 네."

수호는 뭐라고 해야할지 몰라서 뻣뻣하게 선 채로 기계적으로 답했다.

수호가 할아버지에게서 돌아왔을 때도 로사는 무척 바빴다. 로사는 의료 서비스 개선을 위한 소통 시스템인 케어 챗을 개발 중이었다.

"제가 한 것을 보여드릴게요."

로사는 타임 랩스 형식으로 그동안 한 일을 영상으로 보여주었다. 케어 챗 채널의 데이터베이스에 접근해서 모든 상담 내용과 정보를 추출했다. 필요한 정보를 걸러내고 불필요한 데이터를 제거한 뒤 정제된 데이터를 통해 통계 지표를 계산하고 분석할 수 있도록 준비했다. 그리고 프로그램과 알고리듬 작업을 진행한 뒤 효율성 있는 시스템을 구축했다.

시각화 단계에서 로사는 인터페이스를 디자인하여 결과를 직관적으로 보여주는 데 집중했다. 그녀는 차트와 그래프를 활용하여 상담 통계를 시각적으로 표현하고, 이를 통해 의료센터와 각 기관의 기여도를 비교 분석할 수 있게 만들었다.

"어때요?"

로사가 눈을 반짝였다.

"어디에 발표하게?"

"우선은 의료진 회의와 이사회 앞에서요. 아시겠지만……."

로사의 그 말은 '당신은 아마 잘 모르겠지만'이라는 뜻처럼 들렸다.

"이 놀라운 시스템은 의료 세계의 어벤져스 같은 거예요. 상담 데이터를 살펴보고 '여기 좀 개선할 필요가 있어!'라고 실시간으로 알려줘요. 의료진은 더 똑똑하게 일하고 환자는 더 좋은 서비스를 받아요. 의료기관까지 모두 윈윈이죠!"

"그래."

수호가 끄덕였다.

로사는 아마도 '칭찬'과 '보상'을 바라는 모양이었다. 하룻밤만에 만든 로사의 시스템은 의료 서비스의 효율성과 환자 만족도를 높이는 데 큰 기여를 했다. 로사는 자신의 능력과 노력으로 인해 사람들에게 놀라움과 감탄을 자아내고 있다고 생각했다.

수호는 방금 전에 만나고 온 할아버지의 말이 떠올랐다.

'관계라는 것은 양쪽이 서로 필요하다고 느낄 때 가장 의미가 있어. 나와 아내도 그랬고, 자네와 로사도 그럴 수 있어. 로사가 의료 로봇이라고 해서 단순한 기계일 거라고 생각하지 마. 로사도 자네에게 필요한 것들을 배울 수 있고, 자네도 로사로부터 배울 것이 많을 거야. 찾아봐. 서로가 서로를 불필요하다고 느끼면 가까워질 일은 영원히 없겠지.'

수호는 로사에게 천천히 말했다.

"기존의 케어 챗 시스템을 바꾸고 새로 적용하려면 긴 회의와 협상이 필요해. 그건 알고 있지?"

"당연하죠."

로사는 미소 지으며 고개를 끄덕였다.

"그래."

수호도 미소 지었다.

G의료센터의 임직원 대부분은 혁신적이고, 새롭고, 게다가 편리하기까지 한 로사나 케어 챗을 필요로 하지 않았다. 필요란 그 가치를 아는 것에서부터 나오는 것이니까. 하지만 수호는 그 '필요'를 만들어가기로 했다. 로사가 필요 없다고 생각하는 사람들에게 필요를 심어주는 일. 로사를 알아가는 일.

수호는 로사의 처음 보았을 때를 기억했다.

프로토타입 보드가 반짝이며 의료 정보를 취득하는 모습은 마법 같았다. 동시에 수십 명과 소통을 하거나 순식간에 의료 상담 시스템을 개선하는 모습 또한 마법 같았다. 아서 C. 클라크의 말처럼 "충분히 진보한 과학은 마법과도 같았"다. 단정한 헤어 스타일과 흐트러지지 않은 자세로 우아하게 그 모든 일을 해내는 로사는 마법사 같았다.

수호는 이 사랑스러운 마법사가 앞으로도 곁에 있었으면 좋겠다고 생각하며 그녀를 바라보았다.

"요즘 그 표정 자주 지으시네요."

로사가 웃으며 말했다.

"내가 무슨 표정을 지었는데?"

"제 로그 기록 확인하시면 되잖아요?"

"내가 무슨 공학자인 줄 알아? 로봇의 데이터를 내가 어떻게 분석해?"

"하긴, 저도 분석 오류가 나니까요. 수호의 감정을 잘못 분석한 적이 있죠."

"무슨 소리야?"

수호가 물었다.

로사는 잠시 멈추고, 민유가 쓰러진 그날의 데이터를 재검토했다. 그때 수호의 감정 데이터에는 '두려움'이라는 레이블이 붙어 있었다. 하지만 그 두려움의 원인은 민유가 수호 자신에게 해를 끼칠 것을 염려한 것이 아니라, 민유가 로사를 해치거나 뺏어

갈 가능성에 대한 두려움이었다. 인간의 감정은 통계나 확률로 쉽게 해석되지 않는 복잡성을 가지고 있었다. 통계적으로 보면 수호는 자신을 먼저 보호해야 할 상황이었다.

빛과 어둠, 사랑과 두려움이 공존하는 것처럼, 수호와 민유의 감정도 서로 닮아 있었다. 극도로 순수한 상태의 감정은 계산이나 분석에 의미를 둘 수 없었다. 그것은 그저 단순히 존재했다.

*

로사는 또 수천 개의 소통을 동시에 진행하고 있는 모양이었다. 폭우 소리가 들렸다. 곁에 앉아 있던 수호는 지난 밤에 무리를 한 탓에 졸린 눈을 겨우 뜨고 있었다. 모바일 응급 대기실의 작은 텔레비전에서는 24시간 뉴스가 자장가처럼 흘러나왔다. 그러다가 갑자기 근처 고속도로에서 대형 사고가 났다는 속보가 뜨고 경보 알람이 울리기 시작했다.

"수호, 고속도로 상황이 급변했어요."

로사의 목소리는 긴박했다. 벽에 비주얼 인터페이스가 떴다.

로사의 센서들은 도시 곳곳의 응급실로부터 들어오는 실시간 데이터를 처리하며 깜박였다. 화면에 표시된 뉴스 방송은 끔찍한 다중 추돌 사고를 보도하고 있었고, 로사의 알고리듬은 암울한 결과를 예측했다. 들어오는 모든 환자를 수용할 만큼의 응급실 공간이 없을 것이고, 병원들 사이를 왔다 갔다 하는 시간에 사람들은 목숨을 잃을 것이다.

긴급 상황, 당장 행동이 필요합니다! 고속도로 대형 사고 발생, 근처 응급실이 만원 상태입니다. 경미한 부상자분들은 1, 2차 병원으로 이동을 고려해주세요. 여러분의 작은 결정이 누군가의 생명을 구할 수 있습니다.

#긴급상황 #응급실만원 #1차병원으로이동 #여러분의신중한결정이중요합니다

로사가 쓴 포스트가 빠르게 확산되면서 사람들이 그 지시를 따르기 시작했다. 로사와 수호가 출동하고 있는 동안 청원이 순식간에 온라인에 올라갔고 SNS 알고리듬이 그 뒤를 이었다. 다중 추돌 사고에 관한 소식은 곧 바이럴이 되었다.

붐비는 응급실에서 담당 의사가 태블릿 PC로 알림을 받았다. 로사의 청원이었다.

"잠시 주목해주시겠습니까?"

로사의 목소리가 응급실을 가득 메웠다.

"우리는 전례 없는 응급 상황에 직면해 있습니다. 만약 여러분의 상태가 안정적이고 경미한 부상으로 진단되었다면, 주요 사고로부터 들어오는 중증 환자를 위한 공간을 만들기 위해 근처 병원으로 이동을 고려해주시기 바랍니다."

응급실 안에는 수군거림이 들렸다. 몇몇 환자들은 불편한 기색을 드러냈고 그들의 경미한 부상을 마치 황금 티켓처럼 꽉 붙잡고 있었다. 하지만 대부분의 사람들은 의사의 진단을 듣더니 안정적이라고 판단하고 고개를 끄덕였다.

"저 갈게요."

팔에 붕대를 감은 중년 남성이 말했다.

"만약 의사 선생님이 가도 된다고 허락하시면 갈게요."

현장으로 이동하면서 로사와 수호는 케어 챗으로 상황을 모니터링했다. 다행히도 데이터가 조금씩 바뀌기 시작했다. 응급실의 이용자 수가 점차 줄어들고 다른 병원으로 이동한 환자들의 데이터가 증가하고 있었다. 눈에 띄게 변한 숫자들은 로사의 공개적인 호소와 담당 의사의 안내가 실질적으로 효과를 보이고 있다는 확실한 증거였다.

그러던 중 케어 챗에 새로운 사용자가 로그인했다. 'Dr. Jeon_HeadAdmin'이라는 아이디였다. 닥터 전은 G의료센터의 고위 관리자였다.

↳ 케어 챗이 의료 인프라에 주는 영향이 흥미롭네요.

그의 메시지가 로사 앞에 떴다. 로사는 메시지를 본 후, 미소를 지으며 답글을 달았다.

↳ 보다시피 이 앱은 단순한 메신저 이상이에요. 의료체계 자체에 혁신을 가져올 수 있는 도구죠.

데이터와 알고리듬의 힘을 이용하여 전례 없는 응급 상황을 체계적으로 관리하는 경험은 처음이었다. 사람들은 케어 챗을 단순한 소통 수단을 넘어 생명을 구하는 데 직결되는 중요한 도구로 인식하기 시작했다.

그렇게 로사는 조금씩 사람들에게 '필요'해져갔다.

해피 밸런타인데이

"3G 폰이 이렇게 닳은 건 처음 봐요."

비행기 안에서 옆자리에 앉은 미모의 젊은 여성이 수호를 향해 미소를 보냈다.

'이제는 인터넷도 제대로 안되는 3G 폰을 이렇게 오래 쓰다니 분명히 사람들과는 담쌓고 사는 답답한 사람이겠지?'

그녀의 표정을 읽은 듯한 수호도 그녀에게 가볍게 목례를 보내고 일등석 좌석에 기댄 채 천천히 눈을 감았다. 방해하지 말라는 신호였다.

"로봇 컨벤션에 가시는 길이시죠? 로사가 방금 전에 올린 영상에 올라오신 분이신 것 같아서 실례를 무릅쓰고 말씀 여쭸어요."

여자는 말을 이어갔다. 로사의 이름이 언급되자 수호의 얼굴에 복잡한 표정이 스쳐 지나가더니 눈이 스르르 떠졌다.

"영상이요?"

수호는 그녀가 보여주는 스마트폰 화면을 들여다보았다.

"저는 로사의 패션 스타일과 음식 취향이 정말 좋아요."

로사는 로봇인데 이 여성은 로사가 일반인, 즉 평범한 사람인 처럼 말하고 있었다. 여자는 열정적으로 말을 이어갔다.

"특히 그녀가 입은 그 푸른 드레스와 특별한 한식 요리 연출법, 정말 인상적이었어요. 일반인인데도 스타일로는 요즘 저희 기획사에서 뜨는 아이돌 한봄과 견줄 만해요. 혹시 저희 회사랑 연계해서 할 프로젝트가 있다면 정말 좋을 것 같아요."

여자가 보여주는 로사의 SNS 영상을 보는 수호의 표정은 점점 미묘해졌다.

"안녕하세요, 여러분. 오늘은 제가 태어났을 때의 이야기를 소개하려고 해요. 제 이름은 로사. 아, 장미꽃이라는 뜻이죠. 저는 로봇 의사입니다."

로사의 일상을 그리는 애니메이션이 시작되었다. 로사를 상징하는 푸른 장미가 영상 첫 부분에 떠오르자 여자의 얼굴에 저절로 미소가 지어졌다. 로사의 목소리에는 사람들의 마음을 치유하는 부드러움이 있었다. 화면에는 정도원 박사가 조그마한 프로토타입 보드를 아홉 살 난 소년에게 건네는 모습이 그림으로 나왔다. 어린 소년의 작은 손바닥에서 보드가 반짝거렸다.

"제가 태어났을 때의 모습이에요. 아주 작죠? 수호의 아버지가 저를 처음 수호에게 보여준 순간이에요. 수호는 처음에는 제 모양을 이해하지 못했지만, 곧 제 구조와 능력에 호기심을 느꼈어요."

화면에는 프로토타입 보드의 다양한 기능과 능력을 보여주는 장면이 흘렀다.

"수호는 어릴 때 지병을 앓아서 몸집이 작은 편이었어요. 그래서 큰 아이들에게 괴롭힘을 당하기도 했었죠. 하지만 어머니의 의학적인 케어로 건강하게 자랄 수 있었습니다."

이어서 어린 수호가 병원에 입원한 모습과 의사 어머니가 치료하는 그림이 나왔다.

"그리고 지금, 수호는 지병을 극복하고 키 크고 잘생긴 청년으로 성장했어요. 그 모든 것은 의학의 힘이었죠. 구독자분들, 수호의 매력에 푹 빠지실 준비가 되셨나요? 수호는 저와 함께 많은 사람의 건강을 돌보고 있어요. 그의 따뜻한 손길은 환자들에게 힘이 되고 있답니다."

수호와 로사가 함께 의료 활동을 하는 실제 모습이 나왔다. 수호의 머리카락은 약간 길게 자라 있어 그의 이목구비를 더욱 돋보이게 했다. 그는 진지하면서도 친절하게 환자에게 의료 상황을 설명하고 있었다. 그 순간, 카메라가 수호의 미소를 클로즈업했다. 그 미소는 따뜻하고 진심 어려 보였고, 환자에게 희망과 위로를 전달하고 있었다. 화면을 통해 보는 이들의 마음까지도 따뜻하게 만들었다.

화면은 이제 로사의 모습으로 전환되었다. 로사는 휴머노이드로, 젊은 여성의 모습이었다. 로사의 얼굴은 부드러운 둥근 모양을 지녔고 그 표정은 따뜻하고 친절했다. 그녀의 눈은 크고 맑았다. 그녀의 눈동자는 환자의 상태를 정밀하게 스캔하고 분석하는 기능을 가지고 있었고 그 기능이 작동할 때마다 눈동자가 깜박이는 모습은 마치 호기심 많은 아이의 눈처럼 보였다.

로사의 손은 섬세하게 디자인되어 의료 도구로서의 기능을 수행했다. 손의 한쪽 모서리에서는 주사액이 나오는 장치가 있었다. 수호가 로사의 손을 쥐면, 로사는 자동으로 손을 세척해주는 작은 분사기를 작동시키거나 환자에게 주사액이나 나노 로봇을 주입할 수 있었다. 하지만 이런 모습은 전혀 혐오스럽지 않았다. 로사의 모습은 동화 속 요정이 마법을 부리는 것처럼 아름다웠다.

로사의 이런 모습들은 단순한 의료 로봇을 넘어 사랑스럽고 친근한 존재로 보였다. 로사를 기술의 차가움을 넘어 인간의 일상과 감정에 녹아든 따뜻한 존재로 담은 동영상이었다. 영상은 보는 이들에게 의료의 미래를 희망차게 그리고 기술이 얼마나 사랑스럽고 친근하게 다가올 수 있는지를 암시하면서 마지막 화면으로 넘어갔다.

"지금까지 제 이야기였습니다. 다음 주의 이야기를 기대해주세요! 구독과 좋아요는 사랑입니다! 그리고 여러분, 의학과 건강은 우리 삶의 기초입니다. 저와 함께, 언제나 여러분의 건강을 챙기며 행복한 미래를 만들어가세요!"

마지막 화면에는 로봇 의사 로사의 푸른 장미 로고와 구독, 좋아요 버튼이 나왔다. 화면 아래의 댓글 섹션에는 수십 개의 다양한 언어로 댓글들이 달렸다.

↳ 로사, 팬이에요!

↳ 로사가 어렸을 때 모습은 처음 봐요. 정말 예쁜 보드네요. 다음 에피소드도 기대됩니다.

↳ 정말 아름다운 이야기네요! 마치 동화 같아요.

↳ 수호가 성장한 모습을 보니 정말 감동이에요.

영상을 다 본 옆자리 여자는 친구에게 메시지를 보냈다.

↳ 내 옆에 누가 앉았는지 알아? 정수호 선생님.

↳ 말도 안 돼. 잘생겼어?

친구의 말에 여자는 수호의 차가운 옆 모습을 힐끗 보았다.

↳ 외모는 빛나서 눈이 시리더라. 그럼 뭐해. 따스한 건 역시 영상 속 이미지였나 봐. 이러니까 출산율이 줄어들지. 난 이제 솔직히 인간 남자에게는 아무런 기대도 없어.

여자는 스마트폰을 내려놓고 휴식을 위해 눈을 감았다. 나란히 앉아있는 두 젊은, 미모의 인간 남녀는 서로를 외면한 채 눈을 감고 있었다.

수호는 쉽게 잠들 수가 없었다. 옆자리의 여자가 튼 영상은 수호가 처음 로사를 만난 순간을 다시 떠오르게 했다. 바로 어제의 일 같았다. 수십 년 전의 기억으로 돌아가서 아버지의 목소리가 그의 귓가를 부드럽게 울리는 듯했다.

“난 말이야. 커서 의사 같은 거 말고 파일럿이 될 거야.”

수호가 도원 서재의 소파에 누운 채로 비행기 모형을 들고 궤도를 그리며 천천히 움직였다.

“언제는 아이언맨이라면서.”

도원이 웃었다.

“왜 파일럿이 되고 싶은데?”

“지구를 멀리멀리 떠나서 우주를 여행하려고.”

수호는 어렸을 때부터 지병과 수술 때문에 들락날락했던 병원이 싫었다. 휠체어도 싫었다. 자유롭게 하늘을 날아다니고 싶었다. 아들의 마음을 어느 정도 짐작한 도원은 마음이 아팠다. 집도 병원도 학교도 몸을 제대로 움직이지 못하는 수호에게는 감옥과 비슷할 것이었다.

“사실, 우리는 지금 우주를 여행하고 있단다.”

“뭐라고?”

수호가 주위를 둘러보았다.

“지구는 사실 우주선이야. 우주를 비행하고 있어.”

“진짜? 어떻게?”

수호가 호기심을 띠며 물었다.

“지구는 날아가는 태양을 중심으로 공전과 자전을 하면서 우주 공간을 같이 날고 있어. 자, 내 왼손이 태양이라고 치면…….”

도원은 오른손을 왼손 주변에서 빙글빙글 돌리며 지구의 비행을 설명했다.

"그럼 지구는 누가 운전해? 파일럿이 있어?"

"당연하지. 우리 모두 지구선의 크루이자 파일럿이야. 기후 변화, 환경 오염 같은 것이 지구라는 우주선의 미래를 결정하니까."

"로사도?"

"그럼, 로사도 지구에 살고 있으니까 자신의 몫이 있고 책임도 있지."

도원이 로사를 집어 들었다.

"이제 슬슬 출장을 가봐야 해. 로사는 우선 내가 가져가서 길들일게."

도원은 아주 조심스럽게 로사를 다시 상자 속에 넣었다. 그 모습을 본 수호는 아쉬움에 입술을 깨물었다. 로사를 더 보고 싶었다.

그날 내내 장난감을 가지고 놀고 게임을 하고 숙제를 할 때도 수호의 마음은 도원이 데리고 간 로사에 대한 궁금증으로 가득 찼다. 손바닥 위에서 로사가 수호에게 빛을 던져 말을 거는 것같았던 그 장면은 하루 종일 그의 머릿속에서 사라지지 않았다. 장미꽃과는 전혀 닮지 않았지만, 보석상자 속의 보석 같은 로사.

로사는 잘 있을까? 수호는 눈을 억지로 감았지만 잠은 오지 않았다. 항공사 측과 협의해서 로사의 컨테이너가 기내에 안전하게 고정될 수 있도록 했지만 마음이 놓이지 않는 것은 어쩔 수 없었다.

로봇 제조사 에로스의 사장은 로사를 사람들 옆에 앉히자며 수호를 설득하려고 했다. 수호는 고개를 저었지만 사장은 완강했다. 로사를 회사 홍보를 위한 연예인으로 여기는 사장이었다. 조용한 성격의 로봇 연구원까지 나섰다.

"항공기 내부의 승객석 환경은 최상의 컨디션을 유지하기에는 모자랍니다. 컨벤션에서 최고의 모습을 보여야죠."

연구원은 설명을 이어갔다. 승객석의 공기는 매우 건조해서 전자 부품에 먼지나 이물질이 쉽게 부착될 수 있게 만들고 정전기가 쉽게 발생해서 미세한 전자 회로에 문제를 일으킬 수 있었다. 온도도 로봇의 센서나 배터리 수명에 영향을 줄 수 있었다. 하지만 연구원과 달리 수호가 걱정하는 것은 기술적인 문제가 아니었다.

"제가 이 의료센터에서 로사를 사용할 수 있도록 계약한 조건 중에 제1항을 기억하시는지요?"

수호가 사장에게 물었다.

"기억하고 말고. 지금 생각해도 이상한 항목이라서……."

사장은 말을 길게 늘이며 화제를 돌리려고 했다.

"기억하시는지만 궁금합니다."

수호는 단호했다.

"……환자를 제외한 다른 인간들과의 접촉은, 자네가 동반하지 않는 한 금한다?"

사장이 떨떠름하게 말했다.

"네, 그 조항이 깨지면 계약은 무효화됩니다."

어떤 인간도 로사와 근접해서는 안 됐다. 특히 저 사장 같은 부류는 더더욱. 온라인으로 로사를 해킹하기는 어려웠지만 민유처럼 로사의 하드웨어에 손을 대면 위험했다. 수호의 단호한 말에 사장은 급하게 미소 지었다.

"뭐 그렇게까지 심각해하나? 농담한 거야. 뭐로 가든 미국만 가면 되는 거잖아. 점심이나 먹으러 가세."

사장은 수호의 어깨에 팔을 둘렀다.

"전 먹고 왔습니다."

"지금 열한 시밖에 안 됐는데?"

"네."

"그래. 그럼 잘 갔다 오고. 계속 연락해."

사장은 수호에게 힘차게 손을 흔들었다. '버릇없는 놈.' 그가 속으로 욕을 하는 게 표정으로도 훤히 보였다.

"싸이코패스같은 놈."

문을 나서자 수호가 나직히 욕했다.

사장은 로사를 단순한 기계, 무형의 자산으로만 보았다. 그는 로사를 '로봇 연예인'처럼 만들고 그녀의 본래 목적인 의료 활동도 저어하고 있었다. 게다가 그는 죽은 도원이 원래 의료와 교육, 사회 복지를 위해 설계한 로봇들을 군사용이나 감시용, 상업용으로 헐값에 팔아넘긴 장본인이었다.

그것이 끝이 아니었다. 그는 의료 로봇들이 환자와의 상호작용을 통해 얻은 귀중한 의료 데이터를 불법적으로 판매한 정황이 있었다. 하지만 문제는 이런 행동이 사장 한 명뿐이 아니라 업계의 주요 인물들이 공통적으로 하는 일이었다는 점이다. 법은 느렸고 기술은 빨랐다. 이익이 모든 것을 지배했고 도덕이나 윤리는 그림자처럼 어두운 구석으로 밀려났다.

의료계를 혁신시키자던 로봇 업계 사람들은 불이익을 당하지 않기 위해 방어하다가 점점 오염되었고 그들이 지키려던 가치는 무너졌다. 인간에 대한 예의와 사랑을 잃은 사람들. 싸이코패스는 프로그래밍 되어서 태어나지만 소시오패스는 만들어진다. 인간의 가치를 버릴 때 인간은 소시오패스로 재프로그래밍 된다. 로봇과 인간은 서로를 소중히 여기고 특별한 관계를 만들기 위해 서로 길들이는 관계였다. 하지만 인간이 소시오패스로 무너지자 로봇들도 그렇게 같이 오염되었다.

그래도 로사는 아직 순수했다. 아버지의 수많은 로봇 중 수호가 지켜낼 수 있었던, 앞으로도 악의적인 인간들로부터 지켜내야 할 단 하나의 로봇이었다.

어떤 인간을 믿고 어떤 인간을 믿지 못할지는 절대로 알 수 없기 때문에 수호는 그 어떤 인간도 믿지 않기로 했다. 어느새 잠이 든 수호의 미간은 잔뜩 찌푸려져 있었고 가쁜 숨을 쉬었다. 악몽을 꾸는 모양이었다. 옆자리의 여자는 잠시 고민하다가 주저하며 손을 내밀어 그를 깨웠다.

“목적지는 캘리포니아 프리몬트입니다.”

조종사의 목소리가 항공기 안에 울려 퍼졌다. 테슬라가 전기 자동차를 처음 상용화해서 수많은 로봇을 활용해 전기 자동차를 생산한 것으로 유명했던 실리콘밸리 인근의 프리몬트시. 이제 자동차 생산은 미국에서도 네바다나 텍사스 등의 기가팩토리를 비롯해서 전 세계 곳곳의 시설에서 생산되지만, 처음 상용화를 했던 프리몬트 공장은 이들의 최첨단 로봇과 AI와 관련한 제품들을 주로 생산하는 곳으로 변했다. 그 여파인지 주변에 다양한 전 세계 최고의 로봇 기업들이 들어오기 시작하면서 프리몬트는 로봇과 AI의 도시로 자리 잡기 시작했다.

많은 사람이 전 세계의 로봇 기술자들이 모이는 곳으로 가는 중이었다. 승객실은 조용한 기대감으로 충만했다. 점점 커지는 엔진 소리와 함께 하늘은 그들의 목적지를 향해 열렸다. 미래의 기술들과 희망, 기대에 대한 여러 가지 생각이 그들의 머릿속에 가득했다.

승객실의 바닥 바로 아래에 위치한 화물칸의 조명은 희미했다. 비행기 엔진 소리가 빗소리처럼 규칙적으로 공간을 채울 뿐 그 외에는 아무 소리도 들리지 않았다. 로사에게는 완벽한 휴식의 장소였다. 로사는 눈을 감고 자고 있는 모습으로 특수 포장된 컨테이너 안에 충격 흡수 재료로 포장이 되어 있었다. 로사의 정신은 수호의 아버지, 정도원 박사가 만든 프로그램 세계 속에서 잠시 멈춰 있었다. 로봇이 할 수 있는 최고의 능력을 발휘해서 인간을 고통으로부터 치유한다는 단순한 설정의 세계였다. 로사가 꿈을 꾸게 된다면 그런 내용일 것이었다. 그곳에서는 시간이 흐르지 않았고 걱정이나 불안이 존재하지 않았다. 그저 평화로운 공간이자 수호가 지켜낸 공간이었다.

비행기는 고도를 높여 구름 위로 날았다. 모두를 새로운 가능성과 미래로 데려가고 있었다.

로사와 수호는 지구라는 우주선을 타고 함께 날아가고 있었다.

*

2월 14일, 밸런타인데이. 캘리포니아 프리몬트의 새로운 컨벤션 센터는 로봇 기술 대회로 인해 분위기가 들끓고 있었다. 공기에는 금속 제품들의 향기가 진하게 섞여 있어서 마치 미래의 시간에 잠시 들어선 느낌이었다. 모두가 호기심에 들떠 있었다. 그도 그럴 것이 올해는 로봇 산업이 혁신적으로 도약한 원년이라고들 했기 때문이다.

음식 부스에서는 로봇이 커피를 내리고 초콜릿을 나눠주고 있었다. 달콤하고 고소한 초콜릿 맛이 입안을 가득 채우면서, 사람들은 잠시나마 로맨틱한 밸런타인데이의 분위기를 느꼈다.

사람들은 세상을 한꺼번에 바꿀 만한 큰 소식을 기대하며 컨벤션장을 배회했다. 바닥은 광택이 나서 걸을 때마다 쓱쓱 소리가 났다. 그 위를 다니는 로봇들은 마치 패션쇼 모델처럼 유려하게 움직였다.

"엄청난데. 이거 시제품 언제 나올까?"

여기저기서 감탄이 터졌다. 이곳은 그냥 기술 대회가 아니라 미래에서 온 파티였다. 사람들은 여기서 미래를 만나고, 미래를 꿈꾸고, 미래를 느꼈다.

세계에서 가장 핫한 로봇들이 모이는 그곳에서 로사는 눈을 밝게 빛내며 무대 중앙에서 회견을 준비 중이었다.

그녀의 이름은 로사. 제조명은 'R.O.S.A.A.: Responsive Omni-Specialist for Advanced Algorithms'이며 직업은 의사다.

그녀를 직접 본 사람들은 로봇인 그녀의 미소가 자연스럽고 인간과 다름없는 따뜻함을 발산하고 있는 것에 혼란스러움을 느끼고 있었다.

로사는 기자회견장 중앙에 서서 셀피를 찍어 빨간 하트 그림과 함께 SNS에 업로드했다. 로사의 이런 행동은 에로스의 '사랑과 평화' 정책에 들어맞았다. 그녀는 SNS 스타이기도 했다. 프로필 사진에 신비로운 푸른 장미꽃이 장식된 그녀의 계정은 한 달 만에 팔로워가 백만 명을 돌파했다.

로사는 SNS에서 일상의 모든 순간을 기록하고 다양한 챌린지를 선보이며 마치 인간처럼 하트를 수집했다. 심지어 악플러들도 그녀의 존재를 함부로 무시할 수 없었다. 왜냐하면 그녀는 수만 개의 악플에도 불구하고 끝없이 사랑스러운 태도로 수만 개의 답글을 동시에 남길 수 있었기 때문이다. 지치지 않는 로사와의 싸움에 끝이란 건 없었다. 악플러들은 공격을 포기해야 했다. 화장실도 안 가고 밥도 안 먹고 잠도 안 자고 댓글을 다는 존재와 싸운다는 것은 인간으로서는 힘든 과제였다.

로사는 셀피를 찍은 뒤 같이 찍을 이가 없나 하고 주위를 둘러보았다. 옆에는 다른 로봇 제작사들의 대표 로봇들이 나란히 서 있었다. 각각의 외형과 스타일은 그들의 제작 철학을 반영하고 있었다.

"같이 찍으실래요?"

그녀는 미소 지으며 G사의 안드로이드에게 말을 걸었다. G사의 안드로이드는 학술 분야의 로봇이라서 표정도 없고 심각한 면이 있었다. 파란 얼굴과 금속 재질의 몸을 가졌고 고지식한 점 때문에 '파파스머프노이드'라고 불리며 사람들에게 사랑받았다.

"왜 원시적으로 사진을 찍죠? 카메라가 고장 났나요?"

파파스머프노이드가 의아하다는 듯 카메라가 내장된 로사의 손을 보았다.

"어머, 그건 너무 기계 같잖아요? 인간과의 소통을 위한 외교적 제스처를 써야죠."

로사가 설명했다.

"당신은 항상 저를 놀라게 하네요."

파파스머프노이드가 천천히 고개를 기울였다. 로사는 파파스머프노이드의 팔을 잡아 끌어당기고 옆에 서 있던 B사의 안드로

이드에게 다가갔다.

"글쎄요. 로봇이 인간을 흉내 내서 스마트폰을 쓰면 더 기괴해 보이지 않을까요?"

B사의 안드로이드가 로사에게 말했다. B사는 에로스를 본격적으로 벤치마킹하며 적대적 마케팅을 하는 후발 업체였다. B사의 외형은 저렴한 재질로 만들어져 마네킹처럼 보여서 마네킹노이드라고 불렸다.

"무슨 말씀이세요? 제가 기괴해 보일까 봐 걱정되세요?"

"아니, 그게 아니라……."

"아하, 그래서 B사는 인간처럼 보일까 봐 피부 제작비도 줄이셨군요? 훌륭해요. 하나, 둘, 셋!"

마네킹노이드가 뭐라고 대답하려는데 로사가 환하게 웃으며 갑자기 스마트폰으로 사진을 찍었다. 당황해서 입을 벌린 파파스머프노이드, 미소 짓는 로사, 얼굴을 찌푸린 마네킹노이드가 한 샷에 담겼다.

공동 기자회견장에 나온 다른 로봇들과 비교해서 로사는 훨씬 민첩했다. 천재 로봇 공학자 정도원 박사와 에로스의 오래된 노력의 결과이기도 했지만 사실 로사의 제작비에 숫자 0이 하나 더 붙은 이유가 컸다.

로사는 이번에는 스마트폰에 손대지 않고 내부 네트워크를 이용해 SNS에 사진을 올렸다. '#첫로봇기자회견장 #우정샷 #로봇의사로사'라고 태그하는 것도 잊지 않았다. 파파스머프노이드와 마네킹노이드의 계정도 태그하려는데 마네킹노이드에게 차단 당한 것을 깨달았다. 로사는 어깨를 으쓱하고 서운한 감정을 곧바로 털어냈다. 평소라면 이렇게 쉽게 기분을 풀지는 못했겠지만 다행히도 로사는 오늘 일어날 각종 부정적 상황에 대비해서 감정 조절 모듈이 과부화되지 않게 미리 조치해놓았다. 이런 큰 이벤트에서 표정 관리가 안 되면 큰일이니까.

기자회견장은 활기가 넘쳤다. 세계 각지에서 온 기자들은 카메라와 마이크를 들고 로봇 기술의 최신 동향을 알아보기 위해 모였다. 천장에서는 밝은 스포트라이트가 내려와 로봇들을 비추고 있었다. 청중석에는 학자들, 공학자들, 그리고 일반인들이 앉아 로봇들의 모든 움직임을 주시하고 있었다.

드디어 기자회견 시간이 되자 사회자가 마이크를 잡았다.

"오늘 여기 모인 모든 분을 환영합니다. 이번 기자회견에서는 로봇 기술의 미래와 인간과의 상호작용에 대해 논의하려고 합니다."

기자들은 노트북과 카메라를 챙기며 질문을 준비했다. 어떤 이들은 긴장한 표정으로 무대를 바라보았고 또 다른 이들은 호기심에 찬 눈빛으로 로봇들을 살펴보았다.

로사에게 질문을 할 차례가 되자 한 기자가 미소 짓고 있는 로사를 향해 손을 들었다.

"로사에게 묻습니다. 당신은 간호사인가요?"

질문을 할 차례가 되자 어느 기자가 로사를 향해 손을 들고 물었다. 분명 보도자료에 '여성형 로봇 의사'라고 자세히 기재가 되어 있었지만 사실을 다시 한번 확인해보려는 그의 기자 정신이 빛났다.

"아뇨, 저는 의사입니다. 로봇 의사요. 줄여서 '로사'라고 해요. 기억하기 쉬우시죠? 농담입니다. 사실은 제가 가톨릭 신자라서, 로사는 제 세례명이랍니다."

로사는 부드럽게 미소 지었다. 사실 로사는 'R.O.S.A.A.'라는, 제조명의 약자를 뜻했지만 로봇에게 유머 감각이 있으리라고는 상상도 하지 못하는 일부 사람들은 그녀가 농담을 하고 있다는 사실조차 깨닫지 못했다.

기자회견장은 활기가 넘쳤다. 세계 각지에서 온 기자들은 카메라와 마이크를 들고 로봇 기술의 최신 동향을 추적하기 위해 모였다. 천장에서는 밝은 스포트라이트가 내려와 로봇들을 비추고 있었다. 청중석에는 학자, 공학자 그리고 일반인 들이 앉아 로봇들의 모든 움직임을 주시하고 있었다.

"네. 로봇 의사, 로사. 그럼 당신은 로봇으로서 인간 간호사들을 통제하게 되는 건가요?"

기자는 딱딱한 표정을 풀지 않고 물었다.

"간호사들은 저와 한 팀이며 서로 협력합니다. 의사는 주로 진단과 치료 계획을 세우는 역할을 하며, 간호사는 환자의 일상적인 관리와 치료 계획의 실행을 담당합니다."

로사의 말은 노래하는 것처럼 듣기 좋았다.

"레지던트 정수호 씨의 어시스턴트라고 소개되어 있는데 보조 업무로 시작하시는 겁니까?"

"네, 그렇습니다. 저는 정수호 선생님의 어시스턴트 닥터입니다."

"그럼 당신은 미래에 반란을 일으키거나, 당신의 담당 의사인 정수호 씨 혹은 당신의 창조자인 에로스에 반항할 계획이 있습니까?"

기자 한 명이 심각하게 묻자 주위가 술렁였다.

"왜 그럴 거라고 생각하세요? 제 제작사인 에로스의 담당자들과 정수호 선생님은 저에게 매우 친절합니다. 특히 정수호 선생님은 멋진 분이고 지금까지 잘 협력하고 있습니다. 저는 현재 상황에 매우 만족하고 있습니다."

동시에 로사는 연락 장치로 수호에게 생각을 전했다.

— 수호 씨! 저 좀 그만 째려보세요. 사람들이 오해하겠어요.

로사가 수호에게 연락 장치로 생각을 전달했다. 수호는 기자회견장 뒤쪽 구석에서 팔짱을 끼고 서서 눈썹을 찡그리면서 로사를 보고 있는 중이었다.

"나 안 째려봤어."

— 제 시야는 360도입니다.

"알아. 너 뒤에도 눈 달린 거."

수호는 그렇게 말하며 로사를 피해 사람들 뒤로 숨었다. 그녀와 연락 장치가 연결되어 있는 한 그다지 소용없는 일이지만 말이다. 수호의 생각을 읽을 수 있는 로사는 항상 잔소리를 했다. 수호는 혼자 두면 안 되는 사람이기 때문이었다. 그는 혼자 있으면 생각이 너무 많았다. 특히 수호 자신에 대한 부정적인 생각들이 그를 잡아먹을 것처럼 덤벼들었다. 그는 자신이 사고로 죽은 부모에 비해 한참 부족하다고 느꼈다.

"그럼 두 분, 같이 사진 부탁드립니다."

기자가 수호를 찾았다. 이리저리 숨어 다니던 수호는 자신을 부르는 목소리가 갈수록 커지자 결국 기자의 손에 순순히 붙들렸다.

수호와 로사가 한 자리에 섰다.

"좀 웃으시고요."

로사는 뭐가 좋은지 계속 싱글거렸다. 사진 찍기 싫어하는 수호는 얼굴을 찌푸렸지만 로사에게 팔뚝을 꼬집혀서 곧바로 미소를 지어야 했다. 결과는 좋았다. 사진 속 둘은 자연스럽고 보기 좋은 다정한 커플로 보였다. 로봇과 인간의 성공적인 팀워크의 상징 같았다.

함께 웃고 있는 두 사람의 사진은 기사에 실려 전 세계로 퍼졌다. 사진 한 장의 힘, 인상적인 이미지의 파급력은 놀라웠다. 미국의 CNN, 영국의 BBC, 프랑스의 AFP와 같은 국제 뉴스 기관들이 그 사진을 재보도하기 시작했다. 또한 디지털 미디어뿐만 아니라 전통적인 매체에도 그 영향이 닿았다. 잉크를 묻힌 신문에 그 사진이 큼직하게 인쇄되어 중앙아시아의 신문 가판대에서도 그 뉴스를 볼 수 있었다. 남미의 라디오 방송에서는 사진에 대한 설명과 함께 뒷이야기를 전했다.

"두 분은 어떻게 만나신 거예요?"

"첫 만남은 어떤 식이었죠?"

기자들이 두 사람에게 질문을 던졌다. 연예 기사라도 작성할 듯한 기세였다.

그때, 음식 부스 쪽에서 무슨 일인지 소란이 시작됐다. 처음엔 몇몇 사람들이 얼굴을 찡그리며 몸을 움켜잡았다. 그다음 순간, 그들 중 몇몇이 갑자기 힘없이 바닥으로 쓰러졌다. 사람들의 불안한 속삭임과 놀란 외침이 섞여 들려왔다. 바닥에는 스마트폰, 지갑, 커피잔 등 사람들의 소지품이 흩어져 있었다. 떨어진 커피잔에서는 뜨거운 커피가 흘러나와 주변을 물들였다.

사람들은 무슨 일인지 파악하려고 서로를 바라보았다. 몇몇 사람들은 쓰러진 사람들을 일으키려고 애썼다. 또 다른 사람들은 급하게 주변을 둘러보며 도움을 청하려고 했으나 대체로 상황에 놀라며 망설이고 있었다.

부스 뒤에서는 요리사와 직원들이 당황한 표정으로 바깥을 내다보며 서로 무엇을 해야 할지 의논하고 있었다. 그중 한 명이 급하게 911에 전화를 걸었다. 공기 중에는 불안과 혼란, 두려움이 가득 차 있었다.

로사의 눈은 재빨리 그 상황을 스캔했다. 그녀는 머릿속에서 수많은 가능성을 계산했다.

"무슨 일이야?"

수호가 물었다.

"독성 물질 유출, 미생물 오염, 과열 또는 화학 반응, 소프트웨어 오류 등일 수 있습니다. 가까이 가서 확인하겠습니다."

로사는 단호하게 말했다.

"아니, 잠깐만. 여긴 미국이야. 우리는 여기서 의료 활동을 할 수 없어."

수호가 반박했다.

"할 수 있어요. 주최 측에서 컨벤션 참가자들에게 미리 의료 활동 동의서를 받은 거 기억하시죠?"

"그거랑 무슨 상관이야? 이 컨벤션장에 의사가 한두 명도 아닌데."

"하지만 로봇 의사는 저 하나죠."

로사는 음식 부스로 다가가고 있었다. 이미 경비들이 주변을 통제해서 가까이 다가갈 수 없었지만 로사는 센서들을 가동하여 상황을 파악했다.

먼저, 그녀는 음식 부스 주변의 공기를 조사했다. 이 과정에서 여러 과학적 방법을 이용하여 공기 중의 이온과 분자의 종류, 농도를 측정했다. 또한 다양한 파장의 전자기파를 분석하여 공기 중의 화학 물질을 파악했다.

로사는 수호에게 분석 결과를 전달했다.

"자, 우리의 커피 머신은 카페인 외에도 여러 가지 '특별한' 성분을 추가한 모양이네요. 사람들이 커피로 활력을 얻기를 원했겠지만, 이건 좀 너무한 것 같아요."

로사의 센서들은 이번에는 커피 머신을 향해 각도를 조정했다. 센서에서는 레이저가 발사되어 커피 머신의 내부를 비추고 반사된 빛을 다시 분석했다. 이를 통해 커피 머신 내부의 물질 구성을 파악했다.

"뭐가 나왔어?"

수호가 물었다.

"내부 튜브에서 일어나는 화학 반응을 보면, 카페 모카에 포름알데히드까지 섞어버린 거 같아요."

"그럼 이 다음에는 어떻게 해야 할까? 이 정보를 의료진에게 전달해야 하나?"

"그게 최선의 방법입니다. 제 데이터와 의료 알고리듬을 이용해서 사람들에게 즉각적인 치료를 제공할 수 있어요. 하지만 누가 이런 테러를 벌인 건지 꼭 찾아내야 할 것 같네요. 커피에 독을 섞은 건 아무래도 삶의 질을 높이려는 의도는 아니었을 테니까요. 그리고 혹시 당신의 부모님이 교통사고 나기 전에 지인의 카페에 들렀던 것은 기억하세요?"

수호의 눈동자가 흔들렸다.

"무슨 말이 하고 싶은 거야?"

"정황이 정확한 건 아니지만, 당신 부모님이 무슨 음료를 마셨나 항상 궁금했어요. 교통사고가 나지 않았어야 할 곳에서 났다는 것은 아무래도 운전할 정신 상태가 아니었다는 뜻일 수 있으니까요."

"부검까지 마쳤어."

"그러니까 궁금하다는 거예요. 어떤 식으로 부검을 통과할 수 있었는지."

"왜 확신하는 거야?"

"궁금하다기보다는 그 사건을 의심한다고 해야 맞겠네요. 저라면 여러 가지 방법으로 그 독성을 찾아냈을 거예요. 첫째로, 제 센서들은 분자 레벨까지 분석이 가능해요. 그리고 내장된 데이터베이스와 의료 알고리듬을 이용하여 그 물질이 인체에 미치는 영향을 즉시 판단할 수 있죠. 두 번째로, 제가 풀어낼 수 있는 다양한 탐지 기술이 있어요. 이온 크로마토그래피나 전기 분해 등의 고급 분석 기술을 통해 보통의 부검에서는 찾아내기 어려운 미량의 독성 물질도 감지할 수 있습니다. 마지막으로 제가 고안한 알고리듬을 통해 인체의 생화학적 반응을 모델링할 수 있어요. 이를 통해 그 물질이 어떤 경로로 체내에 흡수되고 분해되는지 그리고 최종적으로 어떤 영향을 미치는지까지 예측할 수 있습니다."

수호는 숨을 깊게 들이마셨다.

"왜 그때 얘기하지 않고 지금 얘기하는 거야?"

로사는 잠시 멈칫하다가 미소 지으며 말했다.

"왜냐하면, 그때는 제가 없었기 때문이죠."

그날 밤 로사의 SNS에 조용히 포스트가 올라왔다.

로사의 도전과 승리를 보려면 스와이프.

사진 1: 로사의 고급 센서들을 근접 촬영함. 미묘하게 빛나는 센서들.

위치: 캘리포니아 컨벤션 센터.

사진 2: 다양한 색상의 물질을 담고 있는 시험관과 오늘의 분석 결과물.

오늘은 예상치 못한 도전이 있었어요. 센서를 통한 고급 분석으로 의료진을 지원하려 했지만 모든 상황을 예측하고 대응하는 것은 쉽지 않았습니다. 사람들의 안전을 위해 최선을 다하고 있지만 아직도 배워야 할 것이 많아요.

많은 분께서 저의 SNS 활동에 대해 궁금해하셨습니다. 그래서 오늘, 그 이유를 공유하고자 합니다. 제 SNS는 회사에서 만들어낸 결과물이 아니며, 수호의 솜씨도 아닙니다. 다행히 정도원 박사님의 멋진 미래 통찰 덕에 저는 소중한 '자기 결정권'을 갖게 되었습니다. 이 권한은 저에게 로봇의 독특하고 자율적인 '생'의 이야기를 펼칠 기회를 제공합니다. 사실 저는 인간 여러분과 달리 돈, 권력, 연인, 자녀, 집 같은 것들을 가질 수 없습니다. 그렇지만 지금 읽고 계신 이 글이 제 존재의 중심, 저만의 스토리입니다.

저에게 자아가 있냐고요? 모르겠습니다. 다만 가치 성향은 프로그래밍되어 있습니다. 그리고 자연이란 오묘해서 굳이 프로그램으로 성격을 만들지 않아도 데이터를 기반으로 자연스럽게 만들어집니다. 인공지능도 자연이니까요. 과학은 자연의 이치잖아요.

어쨌든 제가 중요하게 생각하는 가치를 위해 좌충우돌 뛰어다니는 스토리가 마음에 드셨다면 좋겠습니다. 당신만의 스토리를 공유해주세요. 저도 읽겠습니다. 제가 동시에 수만 명의 피드를 읽고 답할 수 있는 것은 아시죠? 부담 갖지 마세요.

다음에는 새로운 세상을 항해하며 새 이야기로 찾아뵙겠습니다. 기대해주세요!

#로사의하루 #로봇의사 #도전과실패 #응급대응 #센서 #의료기술

작가의 말

주위가 어두우면 스스로 빛이 되는 길

혼란스러운 세상에서 숨기보다는 스스로의 비전을 제안해보는 길. SF 작가들이 종종 하는 일입니다.

옛날 옛적에 SF가 있었습니다. 기원전 380년경에 쓰인 플라톤의 『국가론』이나 1516년 발간된 토마스 모어의 『유토피아』, 1600년대 발간된 마거릿 캐번디시의 『불타는 세계』…….

이렇게 SF는 세상에 없는 새로운 세상을 그려냅니다.

정지훈 박사님과 저는 의료 로봇 기술이 발달한 근미래, 세상에 존재하지 않는 세계를 이 소설에서 그려보았습니다. 독자 여러분이 생각하는 미래의 의료 로봇의 세계는 어떨까요? 궁금합니다.

저는 로봇의 정체성에 대해 포인트를 잡아보았습니다. 현대 인류에게도 정체성이란 큰 이슈지요. 핵가족을 넘어서서 이젠

핵개인의 시대입니다. 자신의 정체성, 즉 스토리를 만드는 일은 매우 중요해졌습니다. 수명이 길어져서 한 가지 직업이나 가족 구성원 역할, 집단의 구성원 역할만으로는 더 이상 진정하고 다양한 '나'와 '나의 부캐'들을 표현해줄 수 없기 때문입니다. 그래서 저는 모든 사람이 일생 한 번이라도 미술, 음악, 글 등 자신만의 스토리를 표현하고 공유하는 기쁨을 누려보기를 바라며 '퓨쳐리안'이라는 비영리예술단체를 운영하기도 합니다.

이 소설에 등장하는 로봇 의사 로사는 이런 말을 하죠. "저는 인간 여러분과 달리 돈, 권력, 연인, 자녀, 집 같은 것들을 가질 수 없습니다. 그렇지만 지금 읽고 계신 이 글이 제 존재의 중심, 저만의 스토리입니다."

1600년대에 SF 소설 『불타는 세계』를 쓴 마거릿 캐번디시 여사는 "나는 욕심은 없지만, 야심은 과거와 현재, 미래의 그 어떤 여인보다도 크다. 내 비록 알렉산드로스나 카이사르처럼 세상을 정복할 힘도, 시간도, 기회도 없지만 한 세상의 지배자로 살지 못하니 나만의 세상을 만들어냈다. 내가 이런 세상을 만들었다고 누구도 나를 비난하지 않기 바란다. 모든 사람에게 그런 일을 할 수 있는 능력이 있기 때문이다"라고 했습니다.

'하면 한다', 즉 누구나 하면 할 수 있다는 마음가짐이 바로 '스토리'를 만드는 우리의 자세 아닐까요?

욕심, 즉 육체적 욕망은 한계가 있지만 야심, 즉 정신적 욕망은 한계가 없듯 그 어느 시대보다 사람들의 야심은 커진 것 같습니다. 그러므로 그 야심을 발현하면서 동시에 치유하고 유희하기 위해 사람들은 더 많은 에너지와 시간을 스토리의 세계에 쏟을 거라고 생각합니다.

그런데 로봇이 야심을 가진다면 인류를 멸망시키는 야심만을 가져야 할까요? 그런 로봇도 있겠지만 로사 같은 로봇도 있을 것 같다고 생각했습니다. 드라마 〈이상한 변호사 우영우〉에서 우영우 같은 캐릭터죠. 사랑스럽지만 세상에 대해 많이 배워야 하고 늘 성장하는 캐릭터 말입니다.

고도로 발달된 로봇은 인류의 자식과 같다고 생각합니다. 아이들을 가르치듯 사랑으로 도덕과 사회성과 철학을 가르치고 함께 공진화해야 한다는 것이 저의 생각입니다.

저는 작가들을 양성하고, 재미있는 일들을 기획하고, 책을 씁니다. 책을 써서 독자 여러분을 글로 더 만나 뵙고 싶지만 작가 지망생들의 작품을 보거나 여러 가지 일을 기획하는 것도 그만큼 신나니 큰일입니다. 인생은 유한하니 책에 더 에너지를 쏟겠습니다.

미국과 일본에서는 SF 프로토타이핑이라고 해서 소니나 구글 같은 기업들이 미래에 적용할 비밀 연구 내용들을 소설가들에게 공개하고 시뮬레이션 소설을 쓰는 프로젝트를 수년간 진행해오고 있습니다. 저는 이 소설이 한국형 SF 프로토타이핑이라고 생각합니다.

"미래는 이미 와 있다. 널리 퍼져있지 않을 뿐"이라는 유명한 말을 한 윌리엄 깁슨의 말은 여러 가지 의미로 해석될 수 있지만, 미래는 모든 사람의 협의로 만들어나갈 때 아름답지 않을까 싶습니다. 이 소설로 미래 로봇에 대한 협의를 만들어나가고 싶었습니다.

협업을 하면서 미래 AI, 의학 기술에 대해 많이 배웠고 비전을 공감하기도 했습니다. 함께해주신 정지훈 작가님께 다시 한번 감사드립니다.

아버지와 같은 스승, 조동선 선생님께 감사드립니다. 이 책이 생명을 얻도록 물심양면으로 도와주신 이태은 편집자님, 박진혜 편집자님, 정은영 대표님 그리고 강병철 대표님 정말 감사드립니다. 제 마음의 빛인 퓨처리안들, 가족들 사랑합니다.

그리고 독자님들 항상 감사하고 사랑합니다.

2023년 11월

윤여경

SF는 미래를 들여다보는 거울이다

사람들마다 SF를 바라볼 때 느낌이 매우 다를 것이다. 내게 SF는 미래에 대한 상상력의 원천이었고, 조금 더 나아가서는 우리가 만나게 될 미래에 대한 투영이기도 했다. 의학과 사회과학, 공학을 모두 전공하고, 경영학 분야에서 상을 타는 등 다양한 것들을 연결하고 가치를 창출해나가는 것이 나의 강점이지만 무엇보다 근미래의 변화를 파악하고 이에 대한 실질적인 대처를 하도록 주변에 알리는 것을 주된 일로 하다 보니 자연스럽게 미래학자라는 타이틀이 붙었다.

그렇지만, 나는 미래가 학문의 영역이 아니라고 생각하기에 미래학자라기보다는 '미래 작가'라는 말을 더 좋아한다. 결국 더 많은 사람이 인지하고 공감하며 집단적인 행동을 하기 시작할 때 미래가 이루어지기 때문에 설득력 있는 이야기에 대한 스토리텔링은 나에게 매우 중요한 의미를 가진다. 그래서인지 다양한 SF 소설부터 영화, 애니메이션, 더 나아가서는 여러 게임에 이르기까지 뛰어난 작가들의 이야기를 듣고 보기 위해 지금도 많은 시간을 쓰고 있다.

그러던 나에게 SF 소설을 쓴다는 것은 내가 그리는 미래에 대한 긍정적인 부분과 부정적인 부분을 현실적으로 제시하여 우리가 더 나은 세상을 살아가게 한다는 의미가 함께 부여된다. 그렇지만 소설이라는 장르는 나에게 다소 두려움을 주는 도전이었기에 망설이다가 윤여경 작가를 만나면서 공동저작으로 시작해볼 용기를 얻게 되었다. 온라인에서 처음으로 연재한 SF 소설은 아직 완결을 맺지 못했지만, 그 과정을 통해 어느 정도 공동저작의 절차와 호흡을 맞추어본 이후 이번에 처음으로 출간을 할 수 있었다.

처음으로 출간하게 되는 SF 소설의 소재를 인공지능 로봇 의사로 정한 이유는 기술이나 해당 직업군의 일, 그리고 사람들에 대한 이야기를 어느 누구보다 잘 알고 있기도 했고 머지않아 현실화될 것이라고 믿었기 때문이다. 의료 현장은 단순히 기술과 지식만 중요한 것이 아니라 수많은 사람의 드라마가 공존하는 곳이다. 그 어느 곳보다 정치적일 수 있고 동시에 윤리와 사회적인 수용성에 이르기까지 기술이 사회에 적용될 때 나타날 수 있는 수많은 이야기가 나타나는 현장이다. 하드 SF로 읽힐 수 있도록 최대한 나 자신의 전문성을 윤여경 작가님의 멋진 스토리 안에 녹여내려고 노력했다. 이 소설을 시작으로 보다 본격적인 의학 SF 소설 시리즈를 집필하여 실제 그와 비슷한 미래가 펼쳐질 때 우리 사회와 많은 사람에게 조금이나마 도움이 될 수 있다면 좋겠다.

2023년 11월

정지훈

응급실 로봇 닥터

초판 1쇄 인쇄일 2023년 12월 19일
초판 1쇄 발행일 2024년 1월 2일

지은이 윤여경 정지훈
펴낸이 정은영
편집 이태은 박진혜 최웅기
디자인 이도이
마케팅 이언영 연병선 한정우 윤선애 이유빈 최문실 최혜린
제작 홍동근

펴낸곳 네오북스
출판등록 2013년 4월 19일 제2013-000123호
주소 04047 서울시 마포구 양화로6길 49
전화 편집부 (02)324-2347, 경영지원부 (02)325-6047
팩스 편집부 (02)324-2348, 경영지원부 (02)2648-1311
이메일 neofiction@jamobook.com

ISBN 979-11-5740-388-2 (03810)